光尘
LUXOPUS

Hugh Breakey

[澳大利亚] 休·布雷基——著

失忆前的十二天

THE BEAUTIFUL FALL

向丽娟——译

献给凯莉

目录

第 12 天
/05

第 11 天
/19

第 10 天
/26

第 9 天
/43

第 8 天
/52

第 7 天
/72

第 6 天
/90

第 5 天
/106

第 4 天
/119

第 3 天
/147

第 2 天
/231

第 1 天
/233

第 0 天
/255

阅读这份日志。现在就读。不要往门口走，想都不要去想。在弄清楚你目前的情况之前，不要出门。

你的名字叫罗伯特·彭福尔德。31岁。你站在一间公寓里，这里是你的家：澳大利亚布里斯班市多诺赫小区116号。

（如果你不在公寓里，你必须立刻回去。不要和任何人说话。只有这样才能保证你的安全。你的牛仔裤后兜里有一张地图。按照地图找回家的路。你的公寓在5楼509室。无论如何都不要寻求帮助。）

你什么都不记得了，因为你患有复发性失忆症。我把它叫作遗忘。也就是说，你正在经历的，就是遗忘。

这病每隔一段时间发作一次：上一次差不多是六个月前，当时站在这里的，就是我。所以，当我说我知道你现在很害怕的时候，请相信我。

不过，没事的。你在这里很安全。家里有你需要的一切。冰箱里有吃的。衣柜里有衣服。到处都留了信息，让你知道你是谁、你做过什么。

等你准备好了，去厨房。那里有一个纸箱，我们所有的文件和资料都在里面。纸箱里有一个装着信的黄色信封，那封信就和你现在正在读的这封一样。我刚醒来时读的就是那封信，是我们刚搬到这个公寓时写的。

箱子里还有一个马尼拉纸文件夹，里面装着我们的医生——瓦尔玛医生出具的病历，尽是小动脉、大脑边缘系统和情景记忆这样的字眼，挺难懂的。

简单来说，我们第一次发作是在两年前。除了儿时的几个片段外，我们失去了所有的记忆。所有人都以为这只是一次性的，也许是中风。但179天后，遗忘再次发作。又过了179天，又是一次。

瓦尔玛医生说，这叫周期性发作。我患上的是一种偏头痛，有精确的复发周期（至少迄今为止是这样）。我知道你在想什么（因为当时我也在想这个问题）——偏头痛不是应该很痛，甚至头痛欲裂吗？但头痛只是一种症状，它的起因是大脑中的血管产生痉挛，导致大脑缺血。如果血液无法流向视觉中枢，你会看到奇怪的闪烁和亮光。如果血液无法流向运动中枢，你的一半身体将会瘫痪。但我——也就是你——的症状比较罕见。在你的大脑里，有几根小血管，也许甚至就只有那么一根，它负责给记忆中枢输送血液。每隔一段时间，即一个"周期"后，它就会痉挛、收缩，于是牵一发而动全身，将我们的记忆抹得一干二净。

医生说，我们不应该表现得那么惊讶。记忆比所有人想象的都要脆弱。

坏消息是这个病没有治愈的方法；好消息是病来得快，去得也快。我生命的头 29 年都没发过病。谁知道呢，我们以为再也不会遭到遗忘的突袭，说不定能过上 10 年不发病的日子。

既然你在阅读这篇日志，看来病情没有好转。如果发作周期和过去的几次一样，那么你这次遗忘是在我写下这封信之后正好第 157 天发生的，也就是 9 月 25 日，周日。

接下来的几天你会很难熬。没有了记忆，一切似乎毫无意义。你将被绝望淹没：就像我一样。

其实我们很幸运。大多数复发性失忆症患者的发病间歇都很短。有时他们只有几个小时，或几分钟是清醒的。我们每次的遗忘都有将近六个月的间隔。我们有足够的时间做计划、进行改善，保证计划顺利实施。就像正常人一样。

在公寓里四处看一看，你就能知道我都做了些什么。我第一次醒过来，读到我那封信的时候，我感觉自己根本没有过去。所以，你将看到我为你做的一些特殊的准备工作。这些工作由过去的我计划，现在的我完善，再传递给了你，即未来的我。这就是我以"我们"相称的原因——我们是一体，我们是同一个人。不管遗忘给我们带来多大的痛苦，我们都能共渡难关。

那一封给我布置任务的信上说，我在做一件没人做过的事。我觉得，就像是在创纪录吧。老实说，对创纪录我不感兴趣。但我希望你能在我所做的这件事中发现美，并认识到这是你的创造，也是我们的创造。

好了，讲一讲具体操作。刚开始的几天，你一定要待在家里——最好是一周或更久。熟悉熟悉这里的环境，看一看这些记录。家里还有一个纪念品盒子，里面全是属于我们遥远过去的宝贝。

没做好准备，千万别出去。一年前，在发生第三次遗忘时，我们迷路了，在街上游荡，最后被警察发现。如果这样的事情再发生一次，瓦尔玛医生说，政府将把我们送进收容所，因为他们有"照看义务"。一进去，我们就再也出不来了。所以，安安全全地待在家里吧。你觉得需要待多长时间，就待多长时间。超市每周二送货上门，租金和公用事业费也安排好了，都从我们的养老金账户扣费。他们把收据给你的时候，你只要微笑、点头、签字就行了。你会没事的。

无论如何都别让其他人知道你的病。避世离群才能长久自保。我拿到的信上就是这么说的，你会发现这话说得没错。记忆就像盔甲，没了记忆，你就没了掌控权，无法坚持自我，只能任人摆布。这就是你从一开始就要有戒备心的原因。

也许我们的生活很孤单，但至少这是我们的生活，不是其他人的——因为我们有自己的回忆。持续这样的生活，这是一场真正的战斗。

罗伯特·彭福尔德
4月21日

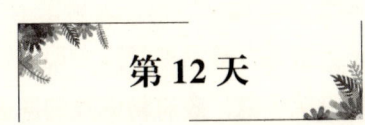

第12天

还有12天的时间,还有很多工作要做——比过去任何时候都多。我想把闹钟调到早上6点,但早起的原因,也就是昨天的意外,同样也让我不愿起床。想到必须面对那一败涂地的惨状,我就害怕。我只能告诉自己,一步步来,你不能立马解决问题,先完成早上的工作日程就行了。

我强迫自己下了床。和往常一样做了运动——只是我绝不将目光转向从厨房通往客厅的过道,以及那里一堆残缺不全的东西。我专注于锻炼,每一组动作都做得比往常更用力。肌肉的烧灼感很快就让我忘记了其他事情。

但我一开始拉伸,耳朵里不再有脉搏跳动的撞击声时,便不由得想起了昨天的意外。我浪费了多少个小时?我能在剩下的时间里挽回损失吗?

尽管情况紧急,我却打不起精神来应付。我磨磨蹭蹭地洗澡,吃早餐。然后又收拾收拾，还刷了马桶。只要手没闲着，就不能算拖延。

我干完了所有能干的事情，瘫坐在厨房桌边。好了，这下我是真的在拖延了。

我能感觉到时间在一分一秒地慢慢流逝。12天。我总共只剩下这些日子。醒着的时间大概有200个小时。我在手边的记事本上草草一算，相当于差不多有12000分钟，但要减去我刚刚演算花去的3分钟。

"送货。"一个声音喊道，公寓门外响起很大的咚咚咚的敲门声。

我坐直了身子。周二：超市送货的日子。完美。要想走到公寓门口就必须穿过客厅的过道。无法面对那堆残骸的难题就这样解决了。

我从椅子里站起来的时候，突然意识到，那声音不对：那不是平时送货的莱斯特先生。然后我想起来，他去度假了——他为妻子的60岁生日安排了游轮旅行。几周来他都在聊他的旅行计划，但由于昨天的意外，我完全忘了这事。莱斯特先生居然没和我讲过，新的送货员可能是一位年轻的女性。

已经有好几个月没有陌生人跨进我家的门槛了。我捋了捋头发，发现头发又长又乱。我挺起胸，从客厅正中走向门口，尽量不去看左边的那一团糟。

"送货。"那个声音又喊道。咚咚咚！

深呼吸。肩膀向后收。我只要表现得正常就行了。记住不要憋气。我把防盗链从门闩上取下来。我的最后一个愿望就是希望她不漂亮。怀着这样的想法,我一把将门拉开。

我望向昏暗灯光下的走道。一双绿色的眸子在阴影中忽闪忽闪的,和她的两只闪闪发亮的耳环,以及嘴唇上的宝石唇环相映生辉。她有一头乌黑的短发,前额一侧留着刘海儿。

该死。她即使身上套个麻袋也很美。

我之所以知道,是因为她穿的就是一个麻袋。她的上衣是送货公司那种常见的蓝色工作服,看起来至少大了三个码。也许公司没有适合她这种苗条身材的制服。

她的一只耳朵里塞了一个白色的耳塞,另一个耳塞掉了出来,挂在肩上,里面传出尖细的音乐声。我的心怦怦地撞击着胸腔。我已经好几个月没接近过50岁以下的女性,更不用说这么漂亮的了。

"你是罗伯特吧?"

我盯着她。

"罗伯特·彭福尔德?"她抬起大大的眼睛望着我,扬起了细细的黑眉毛,然后出于礼貌,飞快地抿嘴一笑。

我想点头,但在这一瞬间,我慌得不仅不会说话,连怎么点头也忘了,我就像一个被业余水平的木偶戏演员操纵的木偶,胡乱地歪了歪脑袋。

但她似乎很满意。"朱莉。"她伸出手来,"你好。"

我伸出手,她纤细的手指握住了我的手。我有没有触碰年轻女性的记忆?大概有一次。一个女店员从我手里拿钱的时候,她的手指划过了我的手掌。

我咽了一口唾沫。我要做的就是兵来将挡，水来土掩。送货公司的那点儿薪水不可能还包括让她关心我的古怪。

"请进，……"见鬼。我的大脑忙于处理各种新信息，已经把她的名字忘掉了。

"朱莉。"

"朱莉。是的。对不起。"朱莉——朱莉——朱莉。我把这个名字牢牢记住。如果在她离开后我还记得，我就能把这个名字写下来。然后这就能成为固定信息，下次我就能知道。

朱莉拿出送货员都带着的木楔子，把敞开的门抵住。她肩扛手提，把手推车里的东西拿出来。我往后退了一步，把路让给她。

"当心那个，呃——"我结结巴巴地说，"你看见就知道了。"

朱莉突然停住了。房间正中有一条路，就像把大海分成了两半。左右两边的地板上都摆着多米诺骨牌，层层又叠叠，几座细长的桥梁连接着墙上的几块长方形木板——木板由角铁支撑，固定在墙上。

"哇。"朱莉把那些多米诺骨牌从上到下、从左到右地打量了一番。

我无可奈何地跟着她一起看。现场和我想象得一样糟糕。在房间的一侧，那些多米诺骨牌整整齐齐地保持着当初竖着叠放的样子；在另一侧，成千上万搭好的多米诺骨牌倒塌在地，就像遭到陨石撞击的森林。如果估算一下——我真的不想——倒掉的多米诺骨牌大概有 15000 块。

至少墙上的木板完好无损。通往每一块木板的坡道都很窄，只够放一排多米诺骨牌。我及时拿掉了几块坡道上的多米诺骨牌，墙上的多米诺骨牌才免受波及。但我没能阻止地面上的损失。地面上多米诺骨牌的坍塌呈螺旋状向四面八方扩散开去，几天的努力全毁了，都是无法追回的时间。

站在我身旁的朱莉左看看、右看看。"漂亮。"她瞥了我一眼，仿佛是第一次看见我，还带上了一种饶有兴趣的神情。

一股自豪之情在我胸中升起。紧接着我觉得挺遗憾的，她没能看见前一天的成果，当时几千块多米诺骨牌稳稳地立着，攒着一股生命和活力，静待爆发的瞬间。

朱莉指着残骸正中的一组倒塌了的多米诺骨牌。"我喜欢这个旋涡图案。"

"谢谢。"我说，"但就是它引发的倒塌。这部分一倒，我就拦不住了。"

"哦，"她挑了挑眉毛，"糟糕。"

"对。糟糕。"

"袋子都放那里吗？"朱莉转过身指着厨房。我点点头，她就走了过去，留下我一个人站在这个房间里，心里跃动着希望的火花。昨天，我眼里只看见数日的工作毁于一旦。而这位送货的女士看见的是浩劫余生的那部分，我很感动。也许事情并没那么糟。

"冷冻的那几袋是不是放在桌子上？"朱莉的声音从厨房

传来。

"是的，谢谢，剩下的我去弄。"

回到厨房时，我必须从她身边绕过去。有那么一秒，我们的目光接触了。她真的很美。

她礼貌地对我笑了笑，退开让我进去。

回到客厅，我看到朱莉又在盯着那些多米诺骨牌看。她一只手拿着小小的一沓纸，另一只手把耳机线绕在手指上。"所以你是不小心碰到一下，然后……"

"是的。"我点点头，"这些立体螺旋形的最讨厌。倒掉一个，一整座就打着旋儿散开，拦都拦不住。"

"哦。"她不再绕耳机线了。"你要想办法止损。就像防火墙一样，你明白吗？找一些厚薄合适的东西，放在牌与牌之间做隔挡。"

"那样图案就受影响了。"

"哦。"她耸耸肩，"请在这里签字。"她把纸和笔递过来。我签完字把笔和纸递还给她，然后她给了我一张亮晶晶的蓝色卡片。"这是我们公司的信息，有事可以打上面的电话。"公司商标下面，朱莉的信息以深蓝色字体清晰地印着。我用拇指摸着卡片光滑的表明，心里十分满意。实体的文件，直接就能放进记录箱。这下，我不用等她一走就得马上把她的名字写下来了。

"有什么问题，你就打背面的电话。"朱莉说，"别打以前那个号码，那个人去度假了。"她把掉出来的耳机塞进耳朵里。

"下次见。"耳机里响着音乐,所以她说话的声音很大。

"下周二。"我点点头。

就在她刚要跨出门时,她停了下来,仿佛突然想起了什么。"我能问你一个问题吗?"她飞快地对着我的建筑成果一指,"为什么是多米诺骨牌?"

"这个嘛,"我结巴起来,"因为它们就在那儿[1],我猜。"好笨的回答。

但朱莉看起来很满意。"对。"她说,"就和那些登珠穆朗玛峰的人一样。"她飞快地一点头,走了。

我在她身后把门关上。防盗链和门锁都整理好后,我终于远离了这个美丽的女人和她难以解答的问题。

为什么是多米诺骨牌?

看到劳作了数日的成果现在只剩一片狼藉,立身于其中,发出这样的疑问似乎合情合理。我的回答至少部分是真的。一般来说,那些登山者说他们登山的原因是"山就在那儿"时,他们的意思是那些山远在地平线上的某个地方。而我的山则不一样,是专门留给我的,沉甸甸的几大箱多米诺骨牌,就堆在我的客厅中央,想不看见都难。

我在不久前开始了信里说的项目,按里面的说法,这是一个能在遗忘期持续进行的项目。过去的那个我把这个任务和所

---

[1] 英国的探险家乔治·马洛里在被《纽约时报》记者问起为什么失败多次,还要继续攀登珠穆朗玛峰时,他的回答是:"因为山就在那儿。"(本书注解无特殊说明,均为译者注。)

有必需的材料及工具留给了我,让我来完成设计和组装。而未来的我——最后的时刻来临时——就能看到我们最终的成就,看到它完美地坠落。这样一来,我们就能证明,我们还拥有生活,还能做出成绩,甚至是其他任何人都达不到的成绩。

也许遗忘夺走了我们的记忆,但我们的选择、计划和工作还在帮我们掌控生活。

过去的我为什么选择了多米诺骨牌来达到这个目的,原因不得而知。这项工作由我一个人,在私人的空间中完成,这样做是有必要的。信里反复强调:对于我们这种特殊情况的人,独处就是最好的防御。避世离群才能长久自保。话又说回来……为什么不搭纸牌塔,或者用火柴建一座按比例缩小的泰姬陵,或者写诗?为什么不选择效率更高,或者费用更低的事来完成?这几万块多米诺骨牌——按我的计算,总共是83790块——肯定花了不少钱。我不知道。也许有一天我能弄清楚。

总之,客厅里有一座等待我征服的大山;我需要一项在遗忘将我的记忆抹掉时也能继续下去的项目;我的时间不多,而其中的大部分时间都投入了这堆残骸中。但这些都不是我一想到这个项目可能无法按时完成就犯恶心的原因。

我担心的是其他的事。把这些小方块摆弄了一会儿,我就发现它们在倒下时产生的那奇怪的美感。只要提前设计好,就能让它们或同时倒下,或活泼有趣地一串接连倒下,或不同的几排你追我赶,达到舞蹈一样的效果。信里没有提到过坠落之美,但每一天,这种几近艺术创作的感觉都激励着我。

现在，这项工作可能无法按时完成了，这个想法让人无法容忍。如果想让多米诺骨牌按我编排的方式倒塌，每一个部分都必须搭建完成，一块都不能少。否则它就会像一座古代的塑像，这儿缺一块、那儿少半拉的，或者像你跟着音乐跳舞，音乐却断断续续。

我是不会让这种事情发生的。不管怎样，我都要把它完成，那个新的我将按我的设计看到最后的倒塌。

所以是时候继续工作了。但我要先做一件很重要的事情。剩下那些没打开的多米诺骨牌都装在纸箱里，靠着厨房墙壁堆着，最上面是两个打开的纸箱，我用来放各种记录和帮助我回忆的纪念品。我在朱莉给我的名片上写下日期：9月13日周二，第12天。然后把它放进了记录箱。

我把货品收好，一咬牙，一挺胸，大步走进客厅。根据过去发生小意外时的经验，能先从最容易的区域开始修复，更好的策略是从最难的、拐角的部分开始。

所以我在多米诺骨牌建筑间来回走的路上放了一些垫脚木块，每块的大小和我的脚一样。在拐角的地方放多米诺骨牌时需要一些平衡力和灵活性，早上的拉伸现在就派上了用场——我能踩着木块过去，在操作时保持俯身，下面就是一碰就倒的多米诺骨牌建筑。

过了大约20分钟，我往四周看了看。在昨晚的意外发生之前，我还满腔热情且干劲十足地超额完成了任务，距离50000块多米诺骨牌仅有咫尺之遥。

现在我却大大落后了。如果用最快的速度，我一个半小时能摆好约 1000 块多米诺骨牌。我粗略地估算了一下，这场意外毁了我三天的工作，我必须延长每一天的工作时间，才能把这三天补回来。但我现在的计划已经是每天工作七个半小时了，所以这场灾难就意味着……

我想到这里就打住了。最好等着看看今晚的情况。

到了中午，我盘腿坐在客厅正中，吃了一个三明治，计划了一下重建的问题。好消息是重建比从头建造更快。如果我能把速度提高到每小时 1000 块，也许结局不会太糟……

我带着一丝愧疚想起了莱斯特先生。上次见到他时，我没充分意识到那将是我最后一次见到他。他是我在这个世界上唯一一个勉强能算朋友的人，只有他会告诉我，我脸色太苍白，应该去外面晒晒太阳。但等他度假回来，所有关于他的记忆都将消失，在这里迎接他的将是未来的我。这么一想，真可惜。

莱斯特先生不在，我大概应该高兴才对。毕竟，避世离群才能长久自保。过去的我相当重视独处的重要性，以至于当他在信里告诉我，我的家人都已去世的时候，语气仍颇为乐观。显然，我的父母在几年前的车祸中去世了。由于遗忘期中的我仅剩的记忆都源自我快乐的童年，这个消息让我很难接受。

但信里说，这是一件好事。在遗忘期刚开始时，我连父母——尤其是父母——都不能相信。他们肯定会利用这些机会对我做一些改进，将我过去的问题和错误抹去，然而正是这些不足之处造就了真正的我。最后我会被重塑。我将无法控制那样的我，但又不能弃置不管。独处是我最好的自卫手段。这大概也是我没有电视、收音机和网络的原因。

如果这个理论适用于我父母,应该也适用于莱斯特先生。也许遗忘开始时,他已经在海上旅行了,这并不是一件坏事。但我很难对此心生感激。莱斯特先生目睹了这个项目从无到有的过程,他本来可以和我一起为昨天的灾难感到惋惜,他能看到我的损失有多大,朱莉却不能。我叹了一口气,把三明治吃完,这下我没有理由不回去工作了。

工作进展十分缓慢,让人灰心。傍晚时分的阳光透过厨房窗户照进来时,我感觉到自己的注意力在下降。我的背部和大腿开始疼痛,这种时候最容易出错。但我还是坚持下去,开始处理另一排倒下的多米诺骨牌。

我干得满腹怨恨。重建带来的满足感和建新项目完全不一样。重建不能让我有开天辟地的感觉。实际上,重建给我的感觉很糟,因为一旦完成,重建的痕迹就消失了。站在一个完工项目面前,没人能看出它背后的历史,也看不到我战胜失败时付出的汗水和辛劳。你要先了解一件作品的历史,才能明白创作者的苦心。朱莉虽然只是一个送货员,却是我这个项目的见证者,也许下次她来的时候,会提起我修复工作的进展。12天后,她将知晓这段历史,但我已经忘记。那时她会变成一个完完全全的陌生人。

搭多米诺骨牌的目的就是展示我的历史。让它成为我的历史。这项浩大的工程就像一个接力棒,由过去的我交给现在的我,我将把它交到未来的我的手中。

重建，就是填补历史的错误，使其完好如初，但这样做似乎是错误的。多米诺骨牌要么屹立不倒，要么倒掉。无论是哪种结局，都不能完整地告诉你当时发生了什么，我又做了什么。记录这磨人的经历和其间的惨败需要那一件我并没有的东西——记忆。

我眼前一亮：有办法了，我可以把这些写下来。记录历史，而不仅仅只是那些我随身携带的应急笔记。这就是记忆：我最后12天的日志。

想到这里，我的心怦怦直跳。我的电话记事本肯定不能胜任。我要买一个新的笔记本。街角的一家商店里有卖文具的货架，上面有很好的圆珠笔和——我能肯定——精装笔记本。可能比我想要的贵了一些，但应该在预算之内。

这个想法一旦出现，我就再也停不下来了。反正今天的多米诺骨牌已经搭好了。如果我坚持再继续下去，可能又会犯错误，结果只能回到起点。

我定下目标，不由得搓了搓手。所有的外出——不管路途有多短——都要做准备。虽然我有充分的理由相信遗忘可能会按过去一贯的老规矩来，在12天后发作，但凡事都有万一。我第一周发作的时候给瓦尔玛医生打过电话，她强调过，我们不能想当然地以为发病是规规矩矩地按时间表来的。所以我必须做好准备，我带上的信息必须能够安全地指导我回家。我收拾好必需的装备——钥匙、钱包、地图和信，放进背包。

我的公寓门相当牢固，装了两把锁：一把普通的旧门锁和一把崭新锃亮的老虎锁[1]。也许这是过去的我在为他的遗忘做准备工作的时候加装的。他把钥匙和信一起放在信封里，确保我能了解到为什么出门非常不明智，不至于信都没看就冒险跑出去。

深呼吸。我应该已经几周没出过门了。我咽了一口唾沫，转动钥匙，走了出去。

外面的高楼和大山挡住了落日余晖，天色渐暗，黄色的街灯一盏盏地亮了起来。傍晚的空气闻起来清新又有生气，一阵温暖的微风吹过宽阔的街道。气温比我记忆中的更热。我的公寓有供暖设备和空调，让我察觉不到室外的季节变化。我上次出去时，空气中还有一丝冷意，现在已然消失。世界已经变了。

街角商店里出售一款适合我的笔记本，价格也合理，只要24块钱，外加一支5块钱的钢笔。我很舍得地买了一个肉馅饼和一罐软饮料，在商店外的一张小桌子边坐下。在任何一个路人看来，我和别人并没什么两样。我只是一个在街边店里吃快餐的男人。

从我身边匆匆而过的大多是往家里赶的上班族。我和他们通过某种方式相联系，但他们永远也不会知道。我问瓦尔玛医生，我的补贴是哪里来的时候，我似乎能看到她在电话那头耸了耸肩。"政府，"她说，"纳税人。"然后，她仿佛来了兴趣。

---

[1] 也叫"死锁"，门内的一面有把手和保险栓，可以不用钥匙把门拧开或上锁。门外的那一面只能用钥匙才能打开或上锁。

"你想让这些纳税人的钱花得值得吗?那你就好好地待着,别被送进医院。住院一天的费用比你一个月的开销还要多。"所以我对眼前无名的人群充满了感激之情。他们在为我的病埋单,并且会一直持续到我痊愈——医生觉得,这要花上很多年。

我回到家时,尽管已经快7点了,西边的天空中还映着一抹橙色残阳。白天变得越来越长,天气变得越来越热。一进家,我就在厨房餐桌旁坐下,拿起笔,打开笔记本的第一页。干净的白纸、细细的蓝线。

我要在剩下的12天里,一天写一篇日志。

一段回忆突然在我脑海中浮现。它就和我所有残留的记忆一样年代久远,深埋在童年往事中,才得以幸存下来。在我上四年级的教室里,一位老迈年高的老师问全班同学,如果能带上一本书去荒岛,大家会带哪一本。同学们纷纷举起了手,说出了各种各样的书名。一个机灵的女生建议带荒岛生存指南方面的书,一举压倒了其他同学。

但我花了这么长时间才明白,答案只有一个。

你去荒岛的时候会带什么书?

一本空白的书,还有一支笔。

9月13日下午6点38分,我写下几个简短的词语,回忆开始。

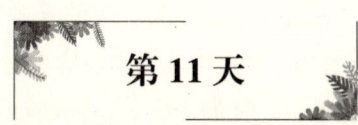

第 11 天

早晨的闹钟把我震得一骨碌蹦了起来。周三。对旁人来说没什么特殊的,但今天,每一次呼吸、每一次避免出错的举动,都会在日志里留下痕迹。我用这种新的方式来度过遗忘期,于是每一刻似乎都有了新的意义。

从今天开始,每天都是长见识、开眼界的一天。

我只穿着睡裤就开始晨练,在空调的冷气中让肌肉渐渐热起来。到昨天为止,运动似乎是让未来的我变得更好的唯一方法。也许遗忘能摧毁我所有的记忆,但它不能影响我的骨骼、肌腱和肌肉。肌腱可以拉伸,肌肉能变得更强。现在的锻炼能贯穿遗忘期,影响未来的我。

设计运动方案其实也很有趣。信里只简单地提到让我要"晨练"。公寓里没有运动器材和工具,我就只能从身体状况去寻找锻炼的痕迹。头两周的早上,我把从拉伸到力量的每一个动作都摸索了一遍：俯卧撑（手掌和握拳撑地）、平板支撑（侧平板和标准支撑）、深蹲、卷腹和弓箭步。然后是有氧运动：开合跳和波比跳，就这样继续下去。我的身体竟然知道接下来要做什么，以及怎么做。我每天都引导身体为晨练增添新动作，就像音乐家想不起来某一首曲子，手指往钢琴上一放就能弹奏出来。音乐家的手指想要去记住，这是一种刻在肉体和神经上的行动意志。

引体向上是我最后一个发掘出来的动作，比其他的晚了差不多一个月。那天早晨运动过后，我往卧室走，来到过道的横梁下时，我什么也没想，仿佛有一个木偶戏演员拉了拉我手腕上那条看不见的线，只觉得二头肌一紧，就攀了上去。过去的我运动的证据，此时真实可见。横梁上落了一层尘垢，但有两处污垢很浅，是最近抹过的印子，那就是我双手攀住的地方。也许在我脑海中，历史已消失不见，但它的痕迹却到处都是，只要我知道去哪里寻找。

我现在就能感觉到这样的痕迹。肌肉在运动中发热，一种熟悉的感觉指引着我，我的身体也找到了节奏。我竭尽全力把每一组动作做完，然后重复，最后气喘吁吁、浑身是汗地开始拉伸。我能做什么动作、能做到什么程度，从我的动作上就能看出来，就像一个证据一目了然的犯罪现场。除了身体以外，我的头脑中也留有痕迹，那是一些过去的我知道的词汇。我做每一个拉伸时都能一个接一个地说出锻炼部位的名字：股四头肌、斜方肌、臀大肌、背阔肌、大腿肌、腘绳肌、内收肌等。

谁会知道这些术语？人人都知道？没人知道？只有像我这样的人知道？

那些像我一样的人会是谁？

锻炼终于结束，我冲了个澡。运动、拉伸和淋浴后，我身上有一阵兴奋的刺痛，我觉得自己已经做好了准备，能够面对昨天我刻意回避的失败。是时候做一做计算了，看看周一的意外会让我的项目延期多久。也许结果会让我很糟心。但至少今天我有了日记本，我能把过程写下来，传递下去，这能给我带来一些积极的感受。仿佛我终于有机会从错误中吸取教训了。

我在餐桌旁一边吃玉米片，一边振作起来，开始计算。

周一：第13天。一切都在有条不紊地进行着，直到黄昏时分。大约47000块多米诺骨牌——远超总数的一半——都搭好了。17块木板里的8块建起来了，包括连接桥。这是可喜的成果，因为搭木板很费时间。

然后事故就发生了。地板上将近一半的多米诺骨牌都白搭了：差不多有15000块多米诺骨牌倒了。几天的工作在几秒钟里化为乌有，我得想方设法把补救工作硬塞进剩下的时间里。从昨天的工作来看，重建比从头开始要快，但我仍然需要在接下来的11天里每天工作9小时。我不知道9小时制工作日是否行得通。如果我在每天快结束时走了神儿——就像周一那样——那么最后几小时的工作不仅效率低，而且很危险。

但我只能尽我所能，坐在这里灰心丧气是没用的。我挺起胸膛，大步走进客厅。面对这样庞然大物般的工作，诀窍在于把它拆分成更容易管理的数个小块。

现在回想起来,如果我早一些投入全部时间来工作,在遇到不可避免的挫折时,我就能有更多喘息的空间。但我花了很多时间来打基础,练习搭多米诺骨牌技巧和按设计把它们摆到正确的位置。

总之,想到大功告成的那一刻,我还是有些激动。到了第0天,在那最后一刻逐渐逼近时,我会和时间赛跑,激动地摆放好最后一块多米诺骨牌。到了那一天,除了安然度过最后慢慢流逝的几个小时,等待遗忘的来临,我还能做些什么呢?我可能会因为最后没能完成布置给自己的这一项任务而备受打击,甚至大为光火,但留给我的时间不会太多,大概来不及想这些。

我又摆好一排多米诺骨牌,动作之快,指间的多米诺骨牌仿佛是自己跳起来立正站好的。

拐角已经完工:太好了。下一步是一片更靠近中心的区域,但我停了下来。

这里就是周一的多米诺骨牌坍塌的源头:这是一个复杂的螺旋状图案,一着不慎就会满盘皆输。我可以重新设计这片区域,但螺旋图案是核心,它控制着全局倒塌的时间。把这个部分拆掉就相当于拿走整个建筑的心脏。我咬咬牙,开始重建。我伸出手,想把螺旋臂上的一块多米诺骨牌捡起来。

然后,我的手指碰倒了一块立着的多米诺骨牌。

我一口气憋在胸前。只见那片薄薄的小方块慢动作似的左歪一下,右倒一下。我手里抓满了刚捡起来的多米诺骨牌,根本腾不出手去稳住它。最后，这块牌倒下去，砸中了旁边的多米诺骨牌，然后……

什么也没发生。

旁边的多米诺骨牌奇迹般地站立不动。在靠近螺旋中心的地方，多米诺骨牌的排列弧度最小，角度也小，再加上前一块牌倒得犹犹豫豫，这一块才幸免于难。我伸出手去，大气都不敢喘，就好像这些都是易碎的水晶，然后把倒掉的那一块扶正了。

好了。

空气猛冲进我的肺里。我退到客厅中间的通道上，俯身屈体，手先碰到脚趾，然后指关节、手掌依次触地。拉伸减轻了突如其来的恐慌感。我躲过了一次灾难。

但这相当于敲响了警钟：我必须学会舍弃。图形复杂时，摆多米诺骨牌速度太快就要冒一定的失败风险，但我无法承担这样的风险。朱莉的声音在我脑海中响起："你要想办法止损。就像防火墙一样，你明白吗？"她只把这堆废墟看了一眼，就找到了关键问题。我把屋子环视了一圈，想找找有没有什么用得上的。我过着简单朴素的生活，公寓里没什么多余的东西，只有装食品的塑料袋和多米诺骨牌的包装——十几个空的硬纸板箱。

我看着这些箱子。

就是它们。纸板很结实，但又够薄，可以插进牌之间的空隙里。我用美工刀把所有纸板都切割成小方块，然后把隔挡一块块插进去。我干得很慢、很小心，就这样在一圈圈螺旋形的多米诺骨牌阵中又形成一个怪异的纸板阵。然后我继续去做真正的工作。到了该吃午饭的时候,重建速度已经比之前都快了,显然花时间放隔挡是值得的。

我把番茄、奶酪和火腿从冰箱里拿出来,再去拿一袋新买的杂粮面包——拿到手一看却是葡萄干面包。朱莉送来的三袋面包——够我吃一周——都是一样的葡萄干面包。

出这种错,真让人泄气,因为我的订货内容从没更改过。订货单的内容是上一个我定下来的,费用自动从我的账户里扣除,就和我生活中的其他事务——房租、电费、邮政服务一样——一成不变。我尽可能按他的生活轨迹继续生活下去,让我能和过去的我有一脉相承的感觉。这只是一件小事。但小事就是我生活的全部。

无论如何葡萄干面包都不能用来做午餐。我从记录箱里拿出她的名片,拨通电话,向她讲明情况。她听起来不是很想多跑一趟,今天也挤不出时间了。我们最后定下来明天午饭之前送到。我做了一个没有面包的三明治,味道怎么样,从它的名字上就想象得出来。

下午的工作进行得很顺利,但到了3点钟我就开始看钟了。尽管我的注意力已经亮起了红灯,但我相信那些隔挡能持续地发挥作用,在意外发生时阻止倒塌。4点终于磨磨蹭蹭地过去了,4点半到来时,我的第一个9小时工作日终于结束了。

我蹲下去,审视着一天的工作成果。周一那场灾难的大部分残骸还在我身后。我不知道确切的数字,但从成品上看,我已经重建了超过 3/4 的多米诺骨牌。还剩下两三千块,但那些要等明天了。

我给自己弄了一顿简单的晚饭,拿到阳台上吃。我已经很久没到这里来了。摆了一整天的多米诺骨牌,不是蹲着就是扭着身子,现在光是坐下都让我轻松得有些头晕。

吃完晚饭后,我又坐了很久,看着太阳在城外的山间落下,微风吹着我的衬衫,弄乱了我的头发。城市里华灯初上,夜幕降临。

明天,灾难的最后一点印记将被抹去,之后只有在我的日志里才能找到它曾存在的记录。还是挺了不起的。

第10天

6点,闹钟响了。我连续早起的第3天。

我翻身下床,还半梦半醒着就摸索着开始热身。在状态最好的早晨,比如今早,我感觉自己就像一个雕刻家在凿一块大理石。每一刻的劳累,每一滴从脖子上流下的汗水,都是为了塑造出未来的我。

冲过澡,吃完早饭,我洗了碟子,收拾好厨房。感觉很怪。我从来没为莱斯特先生整理过公寓。

也许没那么奇怪。在我的记忆中,我已经很久没和年轻女性说过话了,更没有女性到过家里来。我只有过一次和女性的相遇(如果能算得上的话),那是在我的记忆重启后过了八九周的时候。当时面对外面的世界,我逐渐建立了信心,很想每晚能在日落时去长长地散一个步,顺着弯弯曲曲的小路穿过公共绿地,到达河边栈道。太阳落山后,路灯在河边闪烁着亮起,我就掉头，按原路走回家。

我喜欢看那些跑步的人。全世界都在压力之下不堪重负，蹒跚而行，他们却能轻快地跑过，充满了生机和活力。

那天晚上，我刚出门就有跑步的人迎面跑过。几周以来，我已经摸清了人们在这条路上进行娱乐活动的规则，很轻松就能避开他们。但那天晚上我一定是走神了。等我反应过来的时候，我们已经快撞上了。

在那一瞬间，我只看见她皮肤上的汗水晶莹发亮，几缕黑发从马尾辫上散落下来，贴在脸边，以及她戴着一副时髦的跑步太阳镜。我急忙让开，她也想避开我，于是两人同时朝着同一个方向躲。她一个侧移，一只脚被路沿绊了一下，在这一瞬间，她所有的优雅都消失了。她横着滑了出去，身体往前扑倒。

我几乎想都没想就冲上去准备接住她。我觉得我能接住。她离得很近，我的动作也很快。但我的双手抓住她的身体，让她免于摔倒的画面突然出现在我脑海中，我不由得颤抖着停了下来。

她会有什么反应？我可以碰一个陌生女性吗？这样做能得到允许吗？我迟疑了一下，她滑出去的脚收不回来，一个趔趄就尖叫着跌在草地上。

我羞愧地低头看着她蜷缩的身体。我刚才想要帮她，我想过的，但我因为胆小怕事而退缩了。我往后退，每走一步都在祈祷她不要抬头，免得看见我逃离现场。最后，我转身迅速走开，消失在一片蓝花楹中。

之后的几周里我都因为愧疚而心神不宁。晚上，我躺在床上睡不着，心想，她是扭伤了脚踝，还是只是崴了一下。此后，我就不再在傍晚散步了。

难怪现在我那么紧张，但除了硬挺过去，没有其他的办法。朱莉还那么漂亮，而我还是会继续发窘。但她态度冷冷的，一只耳朵还听着歌，也让我不那么紧张了。

我把注意力转到身边我能真正控制的东西上去。于是我走进客厅，开始摆新的一排多米诺骨牌。

敲门声和朱莉"送货"的喊声传进公寓时，上午已过了大半。周一的事故已经是过去。如果不是我在日志里记下了这一件事，没人会知道它曾经发生过。当然了，除了朱莉以外。

我打开锁，把门拉开。她还是老样子，一只耳朵塞着耳机。

"你好。"她礼貌地微笑着。

"谢谢你又跑一趟。"

"别客气。"她递给我两个杂货袋。"三块杂粮面包。"

"谢谢。"

"抱歉送错货了。"她拿出一个纸板夹和一支笔，"我能不能跟你核对一下订货单，确保上面的东西都没错？这单子好像很久都没更新过了。"

"可以，没问题。"我两只手上都拿着袋子，"呃，你想进来吗？"

我把袋子拿进厨房。朱莉在客厅等着。我回来的时候，只见她左看看、右看看，还点点头。

我说:"是呀。隔挡真是一个好办法。"

"嗯。"她把纸夹和笔递给我。我开始逐项查看,看一个打一个钩。看起来都没问题。

"这里你放的隔挡太多了,多了一倍。所以那几个地方空隙比较大。"

我顺着她的目光望向那些小纸板。

"看见没?"她一拉耳机线,把那个耳机从耳朵里扯出来,"你在每一空都放了单独的隔挡,造成这些多余的双层墙,占得空间太多。其实你只要用一半数量的纸方块,隔一空放一块就行。"她指着那边说,"保护效果是一样的。"

"噢,我懂了。"我被她一语点醒,心中顿时十分舒畅。大多数多米诺骨牌,由于周围的排列都有隔挡,它们也能受到保护。这一点由她指出后就更明显了。"谢谢你,这对我很有帮助。"

"嗯。"她谦虚地用笔敲了敲额头。"遇上难题的时候,我这人也很有战——"她后面的话淹没了一种电子设备发出的尖啸声中,充满紧迫感的声音撞击在墙壁上,震得人心怦怦直跳。

"这是什么声音?"朱莉用手捂着耳朵问道,"火警?你们今天有火警演习吗?"

"不知道。"我的声音被尖锐的警铃声音盖过了。我提高嗓门,又说了一遍,"我觉得没有。"我学着朱莉,也用手紧紧捂住耳朵,但警铃声还是不依不饶地钻了进来。

那些多米诺骨牌似乎没受影响，但如果这种震耳欲聋的声波能通过地板传导过去，它们可能就撑不了多久了。我心头一阵发紧。隔挡能够阻止因失误而导致的灾难，让损失不至于扩大到摧毁一座多米诺骨牌建筑，但在能撼动整个建筑的干扰面前，隔挡是无能为力的。

我把右手从耳朵上拿下来，按在离我最近的墙上。

没有震动。

尽管刺耳的噪声还在继续，但我的心没再悬着了。朱莉看看我，利落地蹲下，把手放在地板上，然后抬头对我一笑，点点头。她真好，这么细心。我不禁心生感激。她对噪声的判断是正确的。这是火警。而且是从公寓楼里传出来的。一定是火警。

"也许我们应该出去。"朱莉不得不靠过来，对着我喊，我才能听见，"你要不要我帮忙带上点儿东西走？"

她的提议很有道理——噪声不是威胁，它是在让我们警惕危险。

有火。

也许整栋楼都会烧起来。别去想我的多米诺骨牌了，到时候公寓楼都有可能被烧毁。我呆呆地站着，努力想搞清楚目前的情况。我的一生都在公寓里。我的每一段记忆，关于过去的每一条线索，我对未来做的准备，都在这间公寓里。我一惊：我该带走哪些东西？我向厨房冲去，朱莉紧跟在后面。

我抓起背包，跑到记录箱前。别的先不管，我先把过去的我写的信和医生证明拿出来，塞在包里靠着背部撑板的地方，文件就不会被挤坏。然后我把纪念品盒里的东西一股脑儿全倒进背包。即使在这样的紧要关头,我还是检查了一下有没有落下的:深色木头雕的小小的大象、珠串手链、矮小敦实的水晶花瓶、紫水晶石、铜雕的一块圆形吊坠和……钥匙在哪里?脏兮兮的旧钥匙藏在盒子的角落里,上面的污渍让它几乎和盒子融为一体。好了,钱包里装着我特地留着的140元,都是20元面值,还有公寓钥匙……当然我还带上了新的日志本。这可不能丢下。

收拾好了。我的生活都装在一个背包里了。背包都没装满。

我转向朱莉。她对着另一边,盯着打开的公寓门,她白皙的脸上看不出一丝血色。

她在说什么——至少她的嘴在动,仿佛组成了一些词语。一个字,她在重复同一个字。但在警铃的尖啸声中,我听不到她的话。

烟雾。

我感觉到呛人的烟味钻入鼻孔,立刻从她的唇形上辨认出了这个词。就在我们眼前,一股浅灰色烟雾从开着的门里飘了进来,晃晃悠悠,宛如一个活物。

"我不能——"朱莉摇摇头。她飞快地看了我一眼,又转过头去看那探身而入的烟雾。她吓坏了。

她那白得过分的皮肤上出现了一层细密、闪亮的汗水,从她身上流露出赤裸裸的恐惧。即使要慌张,慌张的也该是我才对。遭灾的可是我家。朱莉伸出手来,一把抓住我的衬衫,眼睛还盯着从门口涌入的烟雾。

"没事的。"我既想保持语调平静,又得大喊着对她说话,真难,"门外就是防火楼梯。没事的。"

"罗——罗伯特。"她结结巴巴地喊着我的名字。"我出不去。我经历过火灾。"她把眼睛睁得大大的,望向我,又把我拉了过去。"有烟。"她说,仿佛这一个词就能说明问题。

我伸出两只手搂住她,让她的身体贴紧我的身体。我的心开始猛跳。

"没事的。"我凑过去,让她能听清,"我们一起下去。我们会没事的。"

她的脸离我那么近,我几乎能嗅到她的恐惧。她认真地深深吸了一口气,肩膀抬起,又落下。"好的。"

我用一只手臂紧紧搂住她,护着她走向公寓门和那里翻腾的烟雾。多米诺骨牌建筑中间空出来的走道不够两个人肩并肩走,所以我侧身把朱莉推向前的时候,心里有些愧疚。她那么慌张,我却只担心别让她的脚碰到那些纸板隔挡。最终我们还是顺利地穿过客厅,然后挤出了家门。

楼道里的烟更浓,刺激着我的眼睛和喉咙。这里的热度完全达不到让我恐惧的程度,也许火灾在大楼的另一边(但愿这是事实)。我还没看到能通往逃生楼梯亮着绿色指示灯的应急出口。只要顺着墙边走,肯定能走到。

朱莉突然站着不走了,后面的我没防备,差点儿扑在她身上。见鬼,也许我应该像消防员一样把她背出去。

"关上家门。"她的声音低沉又坚决,"挡一挡火……"

我点点头,把身后的门先推开一些,卡在门框和门扇之间的木楔子松动后,掉到了地上。门关上了。我们瞬间便进入了烟雾缭绕的黑暗中。我很容易就看出火灾在她心里留下过深深的印记。

这时我没感觉到热度,眼睛也没那么刺痛了。"这边。"我们一步步走进黑暗中。恐惧感渐渐传遍了我的全身。走了很多步,还是没到出口。我脖子上的血管在搏动,耳朵里除了尖锐的警铃声以外,还有血流撞击耳膜的声音。

终于,我的手滑过一个门框,我抬头看见了上面的出口指示灯。我略感放松,仿佛一阵凉风拂过。门一推就开了,我拉着朱莉钻了出去,然后门在我们身后咔嗒一声关上了。我们来到了一个空气清新、亮着荧光灯的安全地带。这里有浅灰色的水泥楼梯和白墙。我深深吸了一口气。没感觉到一点热气。也没有一丝烟雾。警铃还在尖啸,但防火楼梯间坚实的墙壁把这噪声挡住了。

朱莉笑了起来。这是如释重负的一笑,笑声在楼梯间里回响。她放开了我胸前的衬衫,蜷缩的身体伸展开来,然后我们两人之间就产生了一堵看不见的、薄薄的墙。我把搂着她肩膀的手臂放开,她也把身体挪开了。

"谢谢。"朱莉看着她的脚,"对不起。"

"不要紧。我也很害怕。"一秒钟前她靠过的地方,现在感觉有种奇怪的空虚感。"我们大概应该继续下楼……"

从五楼下去要走十段楼梯，这段时间足够我继续为我的公寓担心。火把我的家烧没了怎么办？钱包里的140块以平时的花费来说是一大笔钱，但如果我必须找新住处的话就完全不够。而距离遗忘到来只剩10天了。

我们走了出去，在下午强烈的阳光里，我们眯起了眼睛。微风带走了炎热，让人备感凉爽。我回头看了看公寓区。看起来没事。警铃还在响，但看不到一点儿烟雾或火光。

有几个住户在我们前面的草地上转悠，我跟着朱莉走了过去。他们有的在笑着闲聊，有的拿着手机按个不停。他们都没把这当回事。

朱莉一屁股坐在草地上，"第一周上班就遇上火灾。我应该要求危险工作津贴。"

其他人都站着。我高高地站在她面前，感觉很不自然。我不安地动了动脚，最后在她身边蹲坐下去。

朱莉拿出一副深色墨镜戴上。我真希望我也有墨镜。阳光非常刺眼，我的眼睛被烟熏得汪起了泪水。我手搭凉棚，尽量护着眼睛。

朱莉飞快地在口袋里翻找了一下，拿出一包香烟和一个打火机。

我不想表现得很粗鲁，但我还是问道："你怕火，但还抽烟？"

她把香烟叼在唇间，一咧嘴，露出一个怪异的笑容。"两件事之间有些联系。"她深吸了一口气，烟头亮了起来。她长长地抽了一口,活像被困在矿洞里的人出来以后吸的第一口纯净空气。"你知道那些禁止在床上抽烟的警告吧,因为你可能拿着点燃的香烟就睡着了?"

"大概吧。对,当然知道。"

她笑了笑。"这些警告还真不是开玩笑的。"她又长长地吸了一口,往后倒去,在草地上半躺着,"我被火警吵醒的时候,一半房间都在燃烧,但烟雾太浓,我几乎什么也看不见。我赶紧逃了出去,但我的东西全被烧了。那次差点儿把我吓死。"

"那么,那就是起火的原因——你的香烟?之后你都没想过戒烟吗?"

"当然想过。"她最后抽了一口,把烟在草地上按灭,"结果,想和做是两码事。但我绝不在床上抽烟了。"

我眯着眼望着蓝天,没发现有升起的烟雾。"希望我家没事。"

"我们都没看见火。有时候,如果烟很大,实际上说明没有明火。"

我抿紧了嘴唇。这听起来是那种专为安慰人而说的话。

"你们看见火了吗?"朱莉高声对着那群人说道,"有谁知道是几楼着火了?"

那群人转了过来。其中一位女性住户——我想,她好像住一楼——开了腔,其他人也跟着说了起来。原来,没人看见着火现场。好像只有五楼有烟。就是我住的那层。想到这里,我心里一阵发紧。

一个年长的男人说，有些小孩会烧垃圾桶玩儿，那样烟会很大，但火很小。如果这场灾难果真是这样人为的就好了，许这样的愿有些奇怪。如果是这样，我的公寓就不会被大火吞噬，我真心希望事实就是这样。

朱莉和几个住户正说着话，就被街上传来的警笛声打断了。一辆消防车闪着红色警示灯，轰隆隆地开了过来，冲上路缘，碾到草地才停下。戴头盔、身穿宽大制服、身材魁梧的消防员从车里一涌而出。我们这个小群体急忙给他们让路，转而站到了前面草坪上一棵高大的无花果树的树荫下。消防员们厉声喊着指令，分成几个小组，其中一组直奔大楼入口而去。他们能处理。

"不知道要花多长时间。"朱莉不高兴地说，"我的推车还在上面呢。"她转过头看着我，脸上的怒气顿时消失。"噢，对不起。你在担心你的公寓，我却在唠叨我的推车。其实，我真的觉得不会有事的。"她同情地笑了笑，然后又皱起眉头来，"那是戴维斯太太吗？"

"谁？"我顺着她的目光看过去。那是一个瘦小的老人，她站在人行道上，旁边是一个几乎和她一样高的纸箱。她双手攥在一起，四处张望。

"住二楼的。"朱莉立刻来了兴趣，"你不是我们在这栋楼里唯一的顾客，你知道的。"她向我陌生的邻居招手，我急忙爬起身来。

从她们的对话里，我了解到，戴维斯太太买了一套组装家具,就在那个纸箱里。由于火警,送货的人把它放在人行道上就走了,现在她就只能守着这个纸箱。

"你还是别站在太阳底下吧,"朱莉说,"我们把箱子搬到树底下,大家都在那里。"她转向我,先把箱子一端抬起来,说:"来吧,肌肉男。到你发挥作用的时候了。你抬另一头。"

我急忙绕过去,把另一头抬起来。据我所知,以前从没人把我叫作"肌肉男"。我也不知该对此作何感想。我一条腿屈膝蹲下,把手指塞到箱子底部,把它抬了起来。这重量对于我来说没什么,但看得出对于朱莉纤细的手臂压力是很大的。她并不在意的样子,一边倒退着走,一边扭着身子回头看。我抬着那一头跟着走,邻居们纷纷退开,给我们让路。

我们来到树下,朱莉开始把她那头的箱子放下。她弯下腰,箱子的重心忽然移向她那边,她被压得往前一倒。"哎呀,糟糕。"

此时我什么都做不了。箱子向着她往下滑了过去,我抓不住。朱莉的手指死死地抠着箱子边缘,身子就要往前倒下去。

"放低重心!"我对她喊道,"两腿分开。"

朱莉把靠后的一条腿再往后一迈,屈膝降低重心,用手臂和肩膀抵住箱子,让它不再滑动。"就是这样,现在稳了。"

箱子果然没砸下去,她也站稳了。然后,她轻轻地把箱子放了下去。

"好了,成功抵达。"我对着朱莉笑了,她却扭头望向别处,没理我,也没回应戴维斯太太的感谢。

"我的天哪,那烟。"因为刚才的折腾,朱莉的脸有些泛红。她擦了擦眼睛。"我要走了。午饭前我还要送四批货。"

我咬着嘴唇。发生什么了吗?是因为我吗?我的确冲她大叫大嚷了。放低重心,两腿分开。我怎么会喊出这些话?都没经过大脑。

怪不得她生气了。谁都不愿被人指手画脚,尤其不愿被我这种穴居动物一样的怪人发号施令。

朱莉把背包甩上肩头。"待会儿你能帮戴维斯太太把这个搬到她家吗?"她用下巴指指那个巨大的箱子。

"当然可以,没问题。"

"另外,你可以把手推车推回你家去吗?我明天再过来取。"

"嗯,行。"

"太好了。还有,你知道的,谢谢你。"她伸出手来,仿佛想要拍一下我的手臂,但半路就停住了。这个动作很快不了了之。她把一边的耳机塞回耳朵里,礼貌地对我笑了笑,就往大街上走去。

可能她也不是真的不高兴,只是急着继续去工作。她迈着轻快的步伐走了,黑短发在阳光下发亮,黑色间显现出一些红色光泽。踏上人行道时,她回头望了一眼。

直到她的目光和我相接时,我才发现自己一直在盯着她看。我心中升起一阵羞愧之情,我感觉好像干坏事被逮住一样,而且是让人恶心的坏事。但她没有生气的样子,表情很平和。然后,她顺着来时的路走去,消失在我的视野中。

我的心怦怦直跳。刚才那一瞬间的凝视比火灾还让我害怕。没有成年记忆导致的问题之一就是我很难理解人与人之间应该如何交往。那些无意义的事件——两个人对视上大概两秒钟，也能被我看作天大的事情。

我深深吸了一口气，把注意力放回到更重要的东西上，比如我的公寓到底怎么样了。时间一分一秒地过去，消防员扑救火灾的紧张氛围也渐渐消失了。他们的动作慢了下来，也不吼不叫了，只是语速飞快地说些什么。这肯定是好迹象，也许这场火灾实际上只有烟，没有火。

但短时间内我们大概还不能回公寓，为了有效利用时间，现在我应该做的就是尽量放松，好好休息，到了晚上才能把落下的工作补起来。

我像刚才朱莉那样一屁股坐在地上，再把背包里的东西检查一下。但愿我急匆匆地把这些纪念品塞进去的时候没弄坏了什么。

我把它们一个挨一个地看了一遍。我用手托起沉甸甸的木刻大象——它比看上去要重，然后放下来，把它和午夜蓝色宝石珠串手链、水晶花瓶、紫水晶石、正面刻着奇怪的字的圆形吊坠以及钥匙摆在一起。它们都完好无损。我松了一口气，把东西收拾好以后，十指相扣，垫在脑后，躺在柔软的草地上。

一名消防员过来通知我们这一小群人，一个好消息，火已经扑灭了——听起来，那位年长的房客说得没错，就是几个小孩把一个大垃圾桶点着了。烟雾散得差不多了，我们很快就能回去。

我希望消防员没有闯入我公寓的必要。一队穿着笨重靴子的壮汉，在迷蒙烟雾里瞎转，踩踏我的多米诺骨牌，那场景我想都不敢想。

老实说，我在这一个上午由于不断遭受惊吓，脑子里已经没空间再塞下更多的恐惧了。另外，起火点似乎只局限在垃圾桶周围的区域，也就是每层楼电梯井的位置，而我的公寓在大楼的另一端，按常理来说，他们应该没有靠近过我的公寓。

又过了30分钟，我们得到了回公寓的许可。于是，一群人拥向前门。我巴不得能立刻上楼看看，但我不能扔下那位需要帮助的老太太。等人都进了楼，我把这箱组装家具扛到肩上。我一个人扛着有些摇晃，但也还行。"肌肉男"，朱莉刚刚这么叫我。也许我衬衫的长袖并没能像我想的那样遮住我的体型。

我们乘电梯到了二楼，我把箱子卸下来，放在戴维斯太太整洁的客厅里。她说她侄女待会儿会过来帮她组装。这么说，我的任务到此结束。我礼貌地告辞，然后顺着防火梯上楼，一步跨上两级台阶。

我的公寓门还关着，朱莉的手推车就在门边。门把儿在我手里滑了一下，我的手掌被抹上了一层薄薄的烟灰，但家里的一切都和我离开的时候一样。在我关门前飘进来的烟也散干净了，没留下一丝气味。我放心地笑了起来。

我没花太多时间就把所有东西归位完毕。信、医生证明和纪念品都放回了箱子里，朱莉的手推车也被我推进了厨房。

这一天接下来的时间过得如流水，我保持了稳定的工作速度，能够再次向前推进的感觉真好。朱莉之前说得没错，我只用放一半数量的隔挡就够了，还能节省时间。而且，隔挡两旁的多米诺骨牌也能放得更紧凑，为最后的倒塌做好了完美的准备。

到了下午晚些时候，我开始感到疲劳，双手酸痛，脑子也转不动了。清晨的慌乱还是造成了一定的后果。也许在剩下的9天里，我能再挤出来一小时，但今天是不行了。

而且，现在这一箱多米诺骨牌也已经用得见底了，现在是时候把堆在厨房里那些装满多米诺骨牌的箱子再打开一个了，那样也意味着我可以精确地评估我的进度。我迅速地算了一下，我刚刚突破了50000大关。一股火热的自豪之情涌上心头，但想到两天前我就已经达到过这样的成绩，温度又有些降低。

我做了一顿快手晚餐，再次到外面坐下，一边吃，一边看着太阳在城市的西边落下。吃完后，我把日记本和笔拿到外面，借着最后的天光记录了今天的事件。

我在外面待的时间越长，就越是回想起朱莉转过头来看我的那一瞬间。她当时面无表情，就好像戴上了一个面罩。我打心底里认定她已经有男朋友了，或者终生伴侣什么的。她没有戴婚戒，也没有其他已婚的迹象，但她聪明、美丽、自信，怎么可能单身呢？

现在我明白了。最后那一瞬间，说明了……这件事实让我有些心慌,但胸口感到一阵愉快的刺痛。

  这是我疲劳的大脑无聊的想法。我把杯里的水倒进一个花盆,然后就去睡了。

第9天

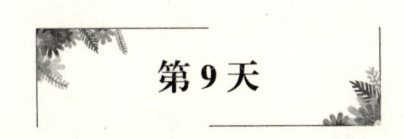

我还有9天时间来摆好3万多块多米诺骨牌。即使这样庞大的数字,也不能很好地描绘出我面前这个任务有多艰巨。困难之处不在于剩余多米诺骨牌的数量,而是我要把它们摆在什么地方。

在高处。

我要把它们往高处的木板和桥梁上摆。我已经建好一部分,但大部分还没完工。不幸的是,往高处摆牌需要很长时间。

我飞快地做完晨练,洗澡时全身的毛孔都在冒汗。我在客厅里盘腿坐下,吃着早餐的烤吐司,看着设计草图,心里盘算着怎么安排作战计划。在今天结束时,我要搭起两块木板,至少把其中的一块摆满多米诺骨牌。

但我的工作速度并不快。现在距离我最后一次搭木板已经过去一周,当时我得心应手,现在已经手生了。我得回想每一个步骤,速度便慢了下来。光是使用那些小工具就花了很多时间。上午的时间已过半,第一块木板才完成了一半。我刚给底座拧好螺丝,就听见门那边传来熟悉的咚咚咚的敲门声。那一定是朱莉,她来拿她的手推车。

她穿了一件修身的白色露肩上衣,淡蓝色的裙子,裙摆宽大,露着小腿。这次一切都十分相配:精灵一样的短发、绿色的眼睛和颜色相配的耳环、简洁的上衣和飘逸的裙子,就连结实的黑色靴子都很搭。

我的心怦怦直跳。

"嘿。"这次她的笑容更像是发自内心的。火灾过后,我和她之间的关系有了一些变化,但我不知道改变是如何发生,又是为什么而发生的。

"嘿。"我回以微笑。"你今天看起来……"我在心里搜索着合适的词语,"不太一样了。"

不太一样。我就只有这点儿本事?

"哦。"朱莉低头看了看自己,"因为我周五休息。"

所以她就变身为一个美丽得惊人的生物。

"进来吧,手推车在厨房里。"我请她进屋。走动时,她长度到膝盖上方的裙子沙沙作响,裙边上下飘摇,让人心跳。我本以为她的腿就和胳膊一样纤细,倒不是说我认真地思考过这个问题,只是在裙边舞动时,她露出的腿部肌肉十分紧实。

眼睛看前面。厨房。手推车。

看来,眼下最好的计划就是尽量不失礼节地让她离开。"在这儿。"我大步走向角落里的手推车,"上面落了一点儿烟灰,我已经擦掉了。"

"哇。你这里的视野真好。"朱莉从后窗往外看,"在阳台上能看见河吗?"

"你要把身子探出去一些才行。"

"不错。"她的左手绕起了耳机线。

"你想看看吗?"

"当然。"耳机被扯出来,掉落在她手里。

我打开阳台门,在她后面走了出去。

"这里的微风真清爽。"她径直走到栏杆旁,"你几乎能闻出来暴风雨季节就快到了。"

风吹动着她的裙子,裙子拍打着她的腿飞扬起来,一股肾上腺素迅速传遍了我的全身。

"看,"朱莉说,"我就知道。"她指着远方,不是河流的方向,而是南边,"看见那栋红色的楼了吗?"

我也走到栏杆旁,站在她身边,眯着眼在早晨的阳光中望了出去。朱莉挪过来,一只手臂搭在我肩上,另一只依旧指着远方。她的身体一侧碰到了我的胸部。

专心一点,罗比。"那边,就是蓝色高楼旁边的那栋?"她靠近了一些,一股浓浓的甜香味扑面而来。即使她指着的是一场核爆炸,我也不一定能看得见,但我还是点了点头。

朱莉继续说道:"我就住那里。我两周前才搬来。在三楼,所以看不到什么景色,真可惜。和你这里不一样。"

然后她把身子移开,在阳台上俯身扭头往另一个方向望去。"哈哈,果然能看到河景。"

我笑了。她对我家风景的赞赏让我感到几乎有些骄傲,尽管我没对此做出任何贡献。

"好了。我的手推车和我就不打扰你了。"朱莉笑着转过头看着我,"谢谢你带我看风景。"

她转身回屋,风最后一次拍打了一下她的裙子。我跟在后面,坚定地把目光锁在她身体之外的地方。只要能度过这几分钟,我就再也不会看到这样打扮的她了。下周,她又会穿上麻袋一样的制服。

这个想法让我松了一口气,又有些伤心。当然了,这不是朱莉的错。问题在于我没多少和女性打交道的经验,而且我剩下的时间不多了。

回到客厅里,朱莉一边把耳机塞回耳朵里,一边把我早晨的工作浏览了一遍。"你需要帮手吗?我是说搭多米诺骨牌的帮手。"她飞快地说,我差点儿没听清,"明天是周六。我休息。你愿意的话,我可以过来帮忙。干这个看起来很有意思。"

我嘴里发干。朱莉刚刚是不是问我她能不能到我家来?不是以送货员的身份,而是其他的,类似朋友的身份?

"谢谢你的好意。"我支支吾吾地说。那样的场景不可想象,那是肯定的。即使在最好的情况下,和别人一起工作也十分危险,更别提短短 9 天后,遗忘就会再次袭来。在这种时候,我应该把外面的世界关在门外,而不是把门打开。不管怎么说,最后这5分钟证明了我有多不擅长社交。

"主要是……我想创造一个算是纪录的东西。这些多米诺骨牌只能由我一个人搭建,是那种单人的纪录。"就这件事来说,这个说法是真实的。"对不起。"

"噢。是世界纪录吗?"

"我知道这么说有些傻,但是——"

"一点儿也不傻,而且还挺酷。"

屋里一阵沉默,我尴尬得生不如死,但我拼了命也想不出如何打破沉默。

朱莉说:"规则是不是只针对单人摆放多米诺骨牌?不包括搭建木板和桥梁吧?我干过两年布景的工作,所以我能熟练操作电动工具。"

我心头一阵恐慌,胸部紧张得仿佛我的肺被肋骨箍住了。一定有什么办法能让我拒绝她,同时又不伤害她的感情。

"我们可以加固一下你已经搭好的木板。"她用下巴指了指,"现在的这些木板,看起来会和多米诺骨牌一样一碰就倒。"

"不用了。"我打断了她。

"哦。"

你这个浑蛋。我在心里骂了自己一句。你这个彻头彻尾的浑蛋。

她礼貌地一笑,但眼中全无笑意,就连嘴角都没留下微笑的痕迹。"好吧,随便你。"她把第二只耳机塞进耳朵里,"可能这样也好。我干起活来很快,赶得太急也不妥。"

她把手推车往门口推,然后停住了。"我很抱歉,如果我让你感觉……"她摇摇头,话只说了半截。"这是因为,明天是我的生日。我刚到这里,谁也不认识。仅此而已。这就是我说那些话的原因。对不起,再见。"

门在她身后咔嗒一声关上了。

这一切怎么会发生得这么快,结局这么糟糕?刚刚她还在欣赏风景,一转眼她就遭遇了直白又尴尬的拒绝,然后把门在身后使劲儿关上。

浑蛋。我胃里一阵刺痛,嘴里尝到了苦味。我并不想伤害她。就在几分钟前,我都不知道自己有伤害他人感情的能力。

这就是患有周围的人都不知道也无法理解的疾病时会导致的问题。在朱莉看来,到底发生了什么?她向我示好,我却毫不领情。

一个想法在我脑海中闪现:朱莉的名片就在记录箱里,上面有她的电话,我可以打电话给她,挽回局面。也许我应该说,我检查了多米诺骨牌纪录的规则,发现她可以帮助我搭建木板。

当然了,她可能会说不。也许她还在因为我不领情而生气,但至少那样她就不会有被拒绝的感觉了。如果我打电话的动作够快,她连生气都来不及。恐怕她现在还没走出公寓楼。

我只走到纪录箱旁就恢复了理智。

我在想些什么啊?我因为朱莉受窘而羞愧,以至于把其他事情都忘掉了。这个多米诺骨牌任务的重点在于它由过去的我创建,再由现在的我搭造,最后传递给未来的我。它必须是我的创造物，在创造过程中如果把其他任何人牵扯进来，就像是一个雕塑家把凿子交给一个陌生人，让他去凿几下。

另外，她仅仅登门5分钟就让我耗尽心力。换作某个为人处世更有经验的人，大概就能更好地婉拒，但我不是这样的人。想象一下，如果她过来待一整个下午会给我带来多大的麻烦。

我把朱莉的名片放回原处，走回客厅。其实，我应该换个说法。多米诺骨牌早已如潮水般将客厅地板淹没，这里已经变成了多米诺骨牌厅。

今天的工作仍有待完成。第一块木板都还没搭好。把注意力放在工作上，让我感到几乎是一种解脱。搭木板差不多是一项体力活，因为我得一只手扶稳螺丝，另一只手转动螺丝起子，还要用各种高度适合的身体部位帮着保持木板水平，比如肩膀、手肘、膝盖。有几次还得用我的脑袋。这活儿很累，相当于把清晨的拉伸运动反过来做。

如果能再有一双手，工作速度就能加快。我不知道布景工作是什么样的，但听起来很厉害。朱莉说她干过两年，在我看来，她在这方面大概已经是个专家了……我的目光飘向了电话。

我把目光收了回来，并提醒自己，朱莉在我身边时，我很难集中注意力。不管她有什么样的技能，她这个"帮手"都不会推进我的工作，很有可能会让工作进度大幅度落后。

我把两根螺丝叼在嘴唇中间，用颈部侧边把木板抵在墙上，再转动身体，把两手扭过来，把螺丝拧到墙里。木板固定得很稳。待会儿我还要用几个角铁做支撑，但现在，我可以后退一步，按摩一下我酸痛的脖子了。

我为自己的成绩露出了笑容,身体的酸胀和疼痛都不足为道。即使还没摆上多米诺骨牌,墙上的这些木板也很有气势。它们略高于我的臀部,通过一道长长的斜坡与地面的多米诺骨牌相连。

我有一种置身于一个大型建筑中的感觉,仿佛一张设计蓝图跃然眼前,成为立体的现实。一旦几块木板互相连通,上面摆满一排排多米诺骨牌,又将是一幅宏伟的景象。

我搭建了一会儿,吃了午饭,又搭建了更长的一段时间。工作进度不快,尤其与最近几天相比,但是从后窗照进来的阳光变暗时,我又在右手边的墙上搭起了两块木板。

我终于可以开始摆放多米诺骨牌了,这下就需要创造力了。几周前我就用铅笔在墙上做了标记,也量好了木板的尺寸,现在我只是用螺丝把它们固定在正确的位置上。

这就让我开始了思考。从某种程度上来说,在这些活儿上请帮手,总体的成绩并不会因此而受损。这项工作中最重要的就是创造力,还有设计和摆放多米诺骨牌的技术,重点在无形的创作,而不是建造。如果朱莉帮我完成的是相当于搭脚手架那样的没有技术含量的工作,没有帮我摆多米诺骨牌,那么我还是可以完成这项工作的使命……

但这一切思考都不能改变更深层次的现实。我只剩9天——很快就只剩8天——就会陷入遗忘,现在不是交新朋友的时候。

我回到工作中去,开始在第一块木板上摆多米诺骨牌,试着享受从无聊的体力活里摆脱出来,能够再次在有关创造、流畅度和时间控制上做出决策的快乐。

到这一天结束时,第一块木板和所有交叉相连的坡道上都摆上了多米诺骨牌。它们队列整齐,宛如军队以不可阻挡之势对高处进攻。

够了,我的脖子和肩膀都很酸痛。我干完晚上的杂事,筋疲力尽地倒在了床上。

第 8 天

昨晚我翻来覆去地睡不着。朱莉的话反反复复地在我脑海里响起:"我刚到这里,谁也不认识。"

说这话的应该是我,不是朱莉。毕竟是我在受这诅咒——我永远都是新来的,谁也不认识。

当然了,朱莉的意思是她刚到这座城市,有了新的工作和新的公寓。而我呢,每过 6 个月,我的整个人生就得重新开始,一切对我来说都是新的。

我的病情,我无法改变。8 天后就是我的"生日",而且不是那种能邀请朋友共度的生日。

我只希望那些多米诺骨牌、每天的运动和日记能帮我安然度过这次生日。

但我能为朱莉的生日做点儿什么。她孤身一人来到了一座新的城市,应该没人陪她过生日。也许她没有其他认识的人。

毕竟需要她送货的大多数顾客都是行动困难的老年人，而不是我这样宅在家的年轻人。所以，有了我，她就不用一个人过生日了。她又不是请我做她最好的朋友，只不过想有个人陪陪她而已。

我把揉得皱成团的被子推开，坐了起来。打电话给她依然是一个可行的做法。我可以说，我花了一个晚上的时间查阅多米诺骨牌纪录的规则。这个想法让我有些动心。我一边脱下睡衣，换上运动短裤，一边考虑着各种可能性。厨房里的钟显示现在是6点47分。我从记录盒里找出她的名片，放在电话旁。

然后我趴在地板上，开始做俯卧撑，心里则对我的选择进行权衡。人们都记得自己的生日。在我的童年回忆里仍有烛光和香甜的蛋糕的画面。不管我做了还是没做，这件事都会在朱莉的记忆中保留很多年，在我的记忆消失后很久，这件事还会存在。

我更用力地撑起身体，更快一些，眼前的厨房地板一会儿清晰，一会儿模糊。朱莉发出的邀请给我带来了一些新的东西，一个让我改变外面那个世界的机会。8天后，我存在的时间就结束了，我将把接力棒交给下一个我，但远离这四面墙的一些东西将超越我而存在。

我一个翻身，从做俯卧撑变为做卷腹，腹肌开始慢慢发热。今天我感觉力量大增，便加快了速度。我无法成为任何人合格的朋友，永远不可能，更不用说在距离遗忘只有8天的时候。但这件事，我可以做。

我随着每一组动作卷曲着身体，最后跳起来，到门口做引体向上。只有 8 天就到遗忘日了，这时接受邀请风险很大，这一点我不能忽视。万一在 8 天之后，她没打招呼就过来，而我记忆全被抹去，却还没看日记这样的事发生怎么办。简言之，我就是一块可塑性极强的橡皮泥，她可以把我改造成她想要的任何样子。

想到这里，我吓得停了下来。遗忘时有他人的介入会导致彻底的失控，我会失去我努力建造起来的一切。

做完引体向上，接着的就是箭步蹲、深蹲、提踵和平板支撑。但我还是有些心痒痒，忍不住想去接触外面的世界，通过这件事做出极小的改变，让我的生活变得更好。

我的胸膛和肩上冒起了热气，汗水顺着手臂流了下去。酸痛感恰到好处。昨天我太蠢了，拒绝了朱莉的邀请，这是我应得的惩罚。

风险是能管理好的。真的有必要的话，我可以在遗忘的前一天在门上留下指示标语："不要开门！不要让任何人进来。"我能做到。

我浑身是汗地打了电话。

"你好，朱莉。我是罗比。罗伯特·彭福尔德。你昨天来过我家。"

那边顿了顿，"你好，罗比。"

"昨天你说得没错。我查了一下规则，我可以找帮手搭底座，只要不涉及摆多米诺骨牌就行了。我之前记错了，对不起。"

"没事。"

"所以如果你还愿意过来帮忙,到时候也没其他安排,那就太好了,你可以做我的帮手。"

"那当然。我没其他安排。"

"午饭后怎么样?"我想,如果我们用一整个下午的时间来工作,晚上就能有足够的时间好好过一个生日,也不会破坏我的工作进度。

"可以。到时候见。谢谢。"

"太好了。哦,祝你生日快乐。"

我带着做出了正确决定的满足感去洗净汗水。

今天的运动强度很大,淋浴后,我仍能感觉到身体处在兴奋状态;用毛巾擦身体时,肩膀和上身的肌肉都有紧绷感。浴室镜子里的我皮肤发亮,肌肉轮廓清晰,血管凸显。

这种自我审视算不算是虚荣的表现?提高了晨间运动的强度,在观察自己身体变化的时候,我的确会有些欣喜。我的皮下脂肪越来越薄,肌肉结实,线条变得更清晰。每天我都期待着看到更多的进步,在不同部位发现隐隐显现的肌肉拉丝感。

一开始我还为这些喜人的改变将超越下一次遗忘,持续到未来而得意,但几个月过去后,我似乎发现了一些更深层次的东西。我的身体,一具不再年轻的身体,其实更像是一件秘密的作品——一幅古老的蓝图,只是外面覆盖了一层皮肤把它伪装了起来。我每天看着我的身体,提醒自己:我还有很多深埋起来、未被遗忘带走的自我。

如果这就是虚荣心，那就是吧，我有炫耀的资本。

总之，平时我的身体都被衬衫遮蔽，朱莉却能看穿，并把我叫作"肌肉男"。有没有可能她不只是把我看作一个潜在的朋友？如果的确是这样，会不会造成麻烦？我一直都在压抑朱莉在我身上激起的情感——再美好都没用——但如果她对我也有类似的感觉，她是没有理由放弃的。

这种担忧似乎挺傻的，还有些自作多情。我又在脑海中重放了失火那天她回望我时怪异的一刻，仍不能理解其中的含义。如果朱莉想要的不仅仅是朋友之间短暂的一次小聚，那么我一定是疯了，居然冒险邀请她过来。我孤身避世地生活着，全部意义就是为了在 8 天后那一刻到来时，我能掌控全局。我紧张得胸口发紧，我到底干了些什么？

我平缓地深吸一口气，把自己从头到脚打量了一番。判断一个人是否有魅力并不容易，有几个因素显然是加分项：高个头，身材健美。我宽肩细腰，上半身壮实，腰部以下线条紧致，体态优美。但我的头发有些煞风景，又长又乱。我为了省钱，一直自己理发，剪出来的效果让我彻底放弃了。我的衣服是旧牛仔裤和 T 恤，还有穿旧了的运动鞋，都不大可能点燃别人心中爱慕的火焰；作为一个没工作的隐居之士，我的身价也够呛。而且，我在闲聊这方面很能"语出惊人"。

好了，自我审视到此为止。我转身从镜子边走开，去找干净的衬衫和牛仔裤。

我往剩下的木板上摆多米诺骨牌，干到一半时，突然想起来我没有为朱莉准备生日礼物。我不能连礼物都没有，就邀请人家过来庆祝生日。

她想要什么礼物，上哪里去买礼物，我一点头绪都没有。我没时间逛商店找灵感，更何况我也买不起贵的东西。但在这个街区尽头有一家酒行，过去我每天下午出来散步时总是路过，一天晚上还信步走了进去，把货架浏览了一遍，看到认识的酒名，就在脑子里打一个钩。我发现自己不会把霞多丽和设拉子混为一谈。在心里反复默念这些名字的时候，我的舌头仿佛都能尝到酒精的刺激。

那就来一瓶香槟吧。我试着不去担心价格。如果朱莉在这里没有其他认识的人，那么这可能是她能得到的唯一的礼物。没有蛋糕似乎是一个遗憾，但厨房里的钟一直在嘀嗒嘀嗒地走，时间在流逝，我必须回到多米诺骨牌工作上去。

我午饭时吃了一个三明治，把厨房收拾好、阳台上的椅子搬进屋，这样餐桌边就有两把椅子。一看便知，外面那把椅子经历了不少风吹日晒后，已经大不如前，一条腿也弯曲变形了。我把灰尘拂去后，它还是因为锈迹和褪色的油漆显得很破旧。我没时间处理这个问题，就在椅背上套了一个旧枕套，把纸板折叠起来垫在那条腿下面。

然后我整理了过去的自己留给我的材料。厨房地板的一角立刻摆满了木板、又长又细的桥、三角铁和几堆螺丝钉。还有我的工具：充电钻和钻头、水平仪和螺丝刀。

时间快到了。我一个早上又是工作又是跑出去买东西，得换一件衬衫。我把脏的那件扔进洗衣筐，从衣柜里的衣架上拿下看起来最新的一件。我的目光游移到衣柜另一头。也许庆祝生日应该穿得特殊一点儿。我把所有显旧的奶油白色衬衫推到一边，发现一件明显有别于其他衣服的缎面衬衫，质地细腻，摸起来很滑，用的不是纽扣，而是黑色摁扣。第一眼看上去，这布料似乎是紫色，但折叠的地方又显出深红色。看上去，这件衬衫比我衣柜里其他衣服加在一起还要贵。见鬼，搞不好比我这个公寓还贵。我怎么会有这么一件衣服？信件和其他纪念品里都没有记录。

咚咚咚！

朱莉的敲门声在公寓里回响。衬衫像水银一样从我手中滑走，回到了衣柜里。

以后吧，在另一段人生里。我从其他衣服里选出来最好的一件，一边往门口走一边扣上扣子。

朱莉的到来宛如一道明媚的阳光照亮了公寓。她身穿一条色泽明亮、带黄色印花的连衣裙，笑着出现在我面前。

"生日快乐！"我手拉着门，尽了最大的努力回她以微笑。

"谢谢。感谢你邀请我。我带了些东西过来。"

她的确带来不少东西。她一只手里提着一个带着刮痕的塑料工具箱，大到足够装下两倍于我的工具还有空间，看起来很专业；另一只手拿着一个附近烘焙店的纸袋。

她满面笑意，脚步轻快地走了进来——把生日看作一个庆祝的日子，而不是一道难关，这样做一定很快乐。我带她进厨房，她迈着大步，随身摇曳的裙摆把色彩和曲线带进了我黑白的世界。她把手提包和纸袋放在餐台上，并说喝下午茶休息的时候再打开。太好了。休息时是拿出那件小礼物的好机会。

朱莉把工具箱在我摊开来的工具和配件旁边放下。她把鞋子蹬掉，蹲下去，裸着的脚踩在地板上。

不是裸着，是光着，光脚。

"好了。"朱莉搓着手说道。如果说之前我担心她说自己"搭布景"是一把好手只是为了被我请过来，现在这种担心已经烟消云散。她看上去充满了对工作的热情，用专业的目光打量着每一件设备，边看边点头。

也许这事真能行得通。只要我们把更多的心思放在多米诺骨牌上，就能完成更多实质性的工作，我也就不用头疼如何闲聊的问题。

"这钻子不错，够新。"她伸手拿起了我的充电电钻。这是上一个我买的，但据我观察，他从没用过。"我们可以用你的打洞，用我的拧螺丝。"

"对，这样最好。"

她把电钻放下，打开工具箱。盖子掀开后，拉出来两层有许多小分隔的塑料架子，下面是宽敞的内层。箱子满是划痕和污渍，透着久经沙场的味道，这就是真正的工具箱应该有的样子。朱莉在小格子里翻找出一套和电钻相配的短起子头。我心想，为什么上一个我没想过买一套起子头,这么一搭配,往墙间柱上拧一个螺丝只要几秒钟。

朱莉抽出一条厚实的皮革工具腰带,上面附带一个大口袋,看起来像是充电电钻的皮套。她把腰带系在棉质的连衣裙外。我的心猛跳起来,一股赤裸裸的欲望涌上心头。我想要那条腰带。

全副武装好后,我们回到多米诺骨牌厅。我解释了一下木板要钉在哪些位置,桥梁又如何起连接作用。她对每一个步骤都提出了问题。

我之前只觉得多一个人大概能工作得更快,没想到我因此得到了专家的指点。我打算先钉那块靠下、难度低的木板,朱莉从这里开始就表现出了老手风范。她教我各种窍门,如何在螺丝上吐唾沫,润湿以后再钉;如何设定支撑木板的角铁之间的距离,还有用电钻的时候手肘要如何抬高,螺丝钉才能垂直钉入。

我手拿朱莉的旧电钻站着,问:"你怎么连这些都懂?"我们刚给一块木板钉好撑杆,她现在蹲在木板下方。"你是说布景?"

我含糊地点点头。她用嘴角叼了两根螺丝钉,她歪着头看木板底部的时候,露出了长长的脖颈曲线。她蹲得很低,光脚踩在两块垫脚砖上,相比之下,搭木板反倒不怎么费劲。她在木板下面又是弯腰,又是扭着身体钉螺丝,把黄裙子绷得紧紧的。她从唇间拔出一根螺丝钉,摁到打好的眼儿里。然后,电钻发出了嗡嗡的声音。

"对，"她嘴唇里还抿着一根螺丝，有些含混不清地说："布景，剧院里表演用的。我还做舞台设计和建造。我有这个专业的学位。"

"具体来说，你都有哪些本事？"

她把螺丝从嘴里拿下来，钉到墙里。"我能帮陌生人把一团糟的多米诺骨牌底座建好——你就笑话我吧。再给我几根螺丝钉。"

我乖乖地从口袋里摸出来几根，她把它们从我手掌里抓过去，电钻又一次开始嗡嗡地转动。连衣裙和电动工具，这一对不合常理的搭配从来没在我的脑海中出现过。

"所以，可想而知，我看到有机会能把专业知识运用到现实生活里时，我有多激动。"她继续道。因为隔着那块木板，她的声音听起来有些发闷。"这就是我能搭的最牢的木板了，除非突然冒出什么人要跳上去演出一出莎士比亚戏剧里的独白。"她的电钻又嘶吼了一声、两声，然后她直起了身子。"现在就是见证真相的时刻。"她把扶着木板的手松开，往后退了一步。

过了一小会儿，我才把扶着木板的手放开。我的手就好像被固定住了一样，仿佛我对工作的担忧直接控制了我的肌肉。毕竟，我还没有亲自检查过这块木板的稳固性。之前的那几块，我都在两侧加了支撑，比较有保障。

朱莉挑着眉毛和我对望着。我深深吸了一口气，用双手试试木板稳不稳。很稳，一点儿都不摇晃。太好了。我心上一阵放松，不由得咧开嘴笑了。朱莉也看着我笑了。也许她把我的笑容看作了成功的喜悦，而不是发现没遭到失败打击后的放松。

我们开始搭第二块木板的时候就干得更顺溜了。这次我们有了一个体系，分工明确，按部就班。第二块搭好，我们俩的手同时松开，木板再一次稳稳当当地固定在墙上。

我看了一眼厨房里的钟，眨了眨眼。做好准备工作后，第一块木板只花了一个小时多一些。不对呀。因为这也就是说，第二块木板只花了短短的 30 分钟。

30 分钟就搭好了一块完整的木板！这不可能。我又计算了两次。如果我们以这个速度继续工作几个小时，我就能……

"我能放点儿音乐吗？"朱莉拿起了手机。

"当然。"我尽量不表现得太无动于衷。音乐不对我胃口，否则我就会像做运动和多米诺骨牌那样，留下相关的记录或者设备。但我有些好奇，我想知道朱莉难得摘下来的耳机都在往她耳朵里灌些什么音乐。

她把手机放在我们搭好的第一块空着的木板上，在上面按了几下，细细的歌声就流淌了出来，和周末晚上楼下咖啡馆传来的走了调儿的瓮声瓮气的玩意儿完全不一样；合成器音色轻柔的旋律，融合了渐强的鼓点形成的动感节拍。我忽然被一股异样的感觉攫住，被抛入云霄，又被猛推一把。我把电钻放回到木板上，转过去看着这个小小的电子设备。我的心已飞上九重天，脚却牢牢地踩在地上，不让我的身体随之而去。

我能感觉到朱莉的目光定在了我身上,她一定觉得我是个十足的怪胎。但这种魂儿被摄走的感觉让我无法动弹。我指尖发痒,脑袋嗡嗡作响。

我向手机俯下身去,朱莉开口道:"这是一支悉尼的乐队,也许你没……"

我按了一下手机屏,歌声戛然而止。四周一片寂静,我全身心地感觉到挣脱了束缚。氧气又到了我的血液中,我的四肢又能动了。

我感到朱莉死死地瞪着我的后脑勺,此时安静带给我的祥和感在瞬间变成了尴尬。但我只想停止这种晕船一样的感觉,那不计后果的冲动绕过了大脑,让我的手直接做出了动作。我省略了理性思考这一步,没去考虑把朱莉的歌关掉是否太无礼,也没去想我应不应该碰她的手机。

"对不起,"我转过去看着她,结结巴巴地道了歉,试着挤出一个带歉意的微笑,"我感觉有点儿不舒服,而音乐……听着音乐我很难集中注意力。"

我没说谎。这音乐真的让我头晕。

"哦,我不知道。我今天的行为太想当然了。"她往后退了退,"你要我离开吗?"

我内疚得心中一阵刺痛。"其实没什么,我只是头疼——只要静一静就不会有事。"

"反正没有好的音响,听着也没意思。"她把手机抓起来,塞回口袋里。

我深以为然地点点头，但也没表现得太热情，搞不好她哪天会搬套音响过来。

我们再次进入工作状态，基本上没再尴尬。至少现在我知道为什么过去的我没给我留一套音响了。如果他能给我提个醒多好。

我们在4点钟时搭好了第三块木板，这一块位置更高，难度也更高，然后便收工了。我简直不敢相信我们完成了这么多工作。今天的确是值得庆祝的一天。香槟太应景了。

我把餐桌收拾出来，朱莉则围着那个烘焙店的纸袋忙活。原来，里面是两个涂了厚厚糖霜的大号纸杯蛋糕，简直算得上迷你生日蛋糕。从上次遗忘后，我的所有食物都来自同一家超市，全都简单、健康。但我有这种食物的记忆，嘴巴已经开始分泌唾液了。

我们刚开始撕纸杯蛋糕外面的纸，我就发现少了点儿什么。"等等！我们还要唱生日歌。"

我一个人给《生日快乐歌》起头的时候，感觉有些奇怪，但朱莉很自然地跟着唱了起来，"祝我生日快乐"。她掏出打火机，打着火，举到她的蛋糕上，假装是蜡烛。歌唱完后，她吹灭了打火机。我笑了。

我们大口吃着纸杯蛋糕，甜味在我口中爆炸。"哇，太好吃了。"

"这是我上周刚在烘焙店里发现的。好吃得让人上瘾。"

我点点头。我万万不能把这种食物写在购物单上。

"所以,"朱莉嘴里塞满了蛋糕,说道,"我必须问你这个问题。这些多米诺骨牌花了你多少钱?肯定得好几万块钱。"

我差点被蛋糕噎住,咳了几声,"好几万?"

"对呀。每一小盒里大概有50块,没错吧?即使批发价也得13块钱一小盒。"

我把蛋糕咽了下去,说道:"差不多吧。"

"那么80000多块多米诺骨牌就等于多少?20000多块钱了。"

我差点儿喘不过气来。我从来没在这方面做过计算,过去的我哪儿来的那么多钱?

"其实这些都是别人给我买的,所以我不知道具体的数字。"

"哦,"朱莉笑了,"很棒的礼物。"

的确很棒。我从椅子上跳起来,把酒从冰箱里拿了出来。"我没给你准备蛋糕,但我买了一瓶香槟。"

之前的小插曲已经过去。香槟非常适合现在的庆祝气氛。

朱莉却往椅背上一靠。她飞快地把目光从我身上转到了酒瓶上。"抱歉。"她皱起了眉头,"你真用心,但你不必这么做的,整件事本来就是临时起意。"她摇了摇头,"而且,我不喝酒。一点儿都不喝。"

"哦。"我没想到过还会有这种可能性。真是一个低级错误。"对不起。"我回到冰箱面前。

"你本来也不知道嘛。"

她这么说是好心,但我还是感觉有些受伤,就好像我和这件礼物一起被回绝了。我把酒瓶塞进顶层架子的最里面，再大费周章地用各种瓶瓶罐罐把它挡住，仿佛这样就能把这件事埋起来。

"我向你保证过，我不会占用你太多时间。"朱莉站起来，拿起了皮包。也许她感觉到了我的窘迫。她垂下眼睛，在包里翻找着什么东西。"在我走之前，你能不能给我在我们搭的木板前照一张相？"她把手机找了出来，递给我。"能留个纪念就最好了。"

"当然了。"我打起精神帮她完成这个心愿。从我的视角来看，拍照是这次聚会的重点——留下标记，传递到未来。

"太好了！按这里就行……"她指指那个相机图标，让我跟她走进多米诺骨牌厅，整理了一下她的刘海儿。

"好的，我会用。别担心。"我的确会拍照。我轻松地握着手机，大拇指放在小小的按键上。我知道操作方法，至少，我知道一些操作方法。就好像之前我知道如何停止音乐播放一样。

朱莉站在新搭建好的三块木板前，光着的脚踩在垫脚砖上。让我心中一动。拍照摆姿势的时候，你可以毫无顾忌地直视对方。

我举起手机，让它成为我们之间一道稳固的隔挡，然后往前几步，直到我能捕捉到一幅构图完美的画面。这就是三分法原理：她直立的身体占镜头画面的三分之一，她身后的多米诺木板要么出现在画面左边、要么在右边，而她微笑的脸庞则位于画面纵向划分时三分之二高度的地方……

我眨了眨眼。我怎么会知道这些？是什么样的习惯给了我这些能力？朱莉来这一趟让我有了很多新的发现，比我一个月里搜遍公寓犄角旮旯后找到的还多。

我按下拍摄键，快门咔嚓一响。她看起来很高兴，表情甚至看起来很自豪。多年之后，她会指着这张照片，告诉她的朋友，她在这个新城市里的第一个生日过得有多奇怪，但也算得上圆满。

"太好了，谢谢。"

"再来一张。"我要拍一张特写，入镜的只有她的头和肩部。我失焦处理了她身后的木板，让木板变成了奇怪的背景。快门又响了一声。干得好。"可以了。"我说着，把继续拍照的本能压制住，不让自己再往前靠近。

我不能给照片留底，真可惜，不然就能存档了，成为又一个纪念品。

朱莉向我道谢，伸手接过手机，"你要我也给你拍一张吗？你有智能手机吗？"

"没有。"

"哦，"朱莉叹了一声，"这可真酷。"

"我就这样。"这大概是有史以来第一次有人认为我很酷。"不过，能随手拍照也挺好。"照片，这是一种完美的记录回忆的方式。

朱莉耸耸肩。"我用手机主要是为了听音乐，走到哪儿听到哪儿。"

就在这一瞬间,我们的目光相遇了。我咽了一口唾沫。

"走之前,用不用我帮你收拾一下工具?"她说。

"当然。"我感到胸前涌起一阵胜利的暖意。我们有过几次磕磕绊绊,但在一天结束时,我们还是能说笑着收工。

当然了,这在很大程度上要归功于她,还有阳光明媚的天气和适合她的裙子。不过呢,我也负责在家里招待客人,尽了几小时的地主之谊,很多小时呢。我不记得是在什么时候——因为我工作得太投入——气氛不再尴尬,变得不一样了。

想到这里,我站了起来。朱莉还跪在我身旁,把最后一件工具收好。也许我变得更擅长和他人相处了,即使对方是朱莉这样美丽的女性。

可这样说不通呀。遗忘一旦到来,我就退化成了一个社交上的婴儿。我会把如何表现得像正常人、如何待人接物忘得一干二净。那么我的进步是如何发生的?我的记忆还和之前一样是一片空白。也许根源并不是有意识的记忆,而是更深层次的东西。这是一种速度更快,经由无数实践磨炼而成的快速反应,最后变成了本能。这不是记忆,而是……心智肌肉,就和二头肌、三头肌一样,锻炼越多,就越强大。

和二头肌、三头肌一样。

如果的确是这样,我就应该走训练的路子,进行练习,练习的结果要能够以某种形式被记录下来,变成无意识的本能,不会被遗忘毁掉。

朱莉已经整理完毕,抬起头看着我。"今天过得真愉快。"

我说着，紧张得心都提到了嗓子眼儿，"谢谢你。如果下周你还有空，也还想来帮忙，就告诉我一声。"

她站了起来。"我好像有一部旧手机，大概用了三年。拍照功能基本能用，我很希望它能找到一个好归宿。"

我没听懂她的意思，茫然地看着她。

"你想要这部手机吗？"她问。"明天是周日。我休息。我可以带过来。"

"好，行啊，我要了。太好了。"

"你想要我留着上面的旧东西吗，音乐、游戏这些？"

"不用了，谢谢。只要有相机功能就行。"今天是她的生日，她却给了我一个礼物。我有相机了，相当于有了加强版的日志。

朱莉把她剩下的东西收好，我们开开心心地说着明天见，道了别。

我尽量不让自己激动得过了头。在刚开始的时候，我读完信就陷入了恐惧，终将到来的遗忘就像拆房子用的大铁球，一直悬在我头上。我几乎等于被判了死刑——至少就我的意识，就对自己的认知而言。但在过去的几天里，我发现了在跨越时间长河时抄近路的办法。先是开始写日志，然后是从明天开始就能有影像资料；现在，我又有了新的办法，那就是利用新的经历来训练大脑，培养一些技能和习惯，最后形成本能。毕竟，人们不就是因为这些不同的本能，才成为特殊个体的？

我顿时觉得自己的处境并不是那么不可救药。我第一次觉得自己可以创造出一种坚强的、不会被时间瓦解的东西。它由本能、技能和肌肉，还有一页页日志、影像和多米诺骨牌组成，能帮我度过遗忘，继续生存下去。

在之后摆多米诺骨牌的工作中，我激动的心情久久不能平复。到近傍晚时，我已经在朱莉帮我搭建的三块木板中的一块上面摆满了多米诺骨牌。在一天里，这个房间的内部形状发生了改变。现在我已经搭建好了13块木板——足足13块——多米诺骨牌建筑在噌噌地往上蹿。

我关了灯。厨房透过来的光亮在我周围这个形状怪异的雕塑上投下了生动的阴影。那些灰白的木板仿佛漂浮在太空中的节点，通过复杂的神经元网络相连。我只能看出多米诺骨牌的黑色边角和白点儿，宛如一股电流在这张疯狂的电路网中伺机待发。我开始能看出整个工程完工后的样子了。

现在已经很晚了。晚餐时间已过去很久，但我还是不觉得饿。我打开冰箱翻翻找找，那瓶香槟赫然在目，满怀羞愧似的想躲在牛奶后面。我突然有种强烈的冲动，想要把香槟倒进下水道，酒瓶扔进垃圾桶，让这250块钱见鬼去。最后，我决定留着那瓶香槟。现在工作进展顺利，朱莉明天还要来帮忙，项目也许能按时完成。等到最后一天，我一个人也许要低调地庆祝一下。

我飞快地做了一个三明治，然后开始工作统计。自从第13天的意外发生后，每晚对剩余工作的计算就一遍遍地把这句话凿在我的心上：这个项目，我做不完。

现在可不一样了。今天完成的多米诺骨牌数量之大，过去我连想都不敢想。我在笔记本里涂写时，余下日子里的工作时间在一笔一画间越变越短。我在最终结果下面画了一条线，又从头检查了一遍。

工作又能重回正轨了，我再也不用每天工作整整 9 小时了。再以正常工作时长工作 7 天，即使不把明天朱莉的帮助算进去，项目也能按时完成。和她一起搭几小时的木板，之后我就能放慢速度了。

我笑容满面地干完今天的杂活儿。我又可以安心地幻想，未来的我将头脑一片空白地醒来，看到这幅美丽的景象，陶醉在自豪感中。而明天，朱莉将在某个时刻到达，给我带来另一个训练自己适应社会的机会。我要开始勇攀高峰，征服遗忘这座大山，抵达未来的峰顶。

第7天

我逼着自己起床的时候，浑身上下没一处是舒服的，胸肌、背阔肌和腹肌都因为昨天的训练疼痛不已。今天的训练会比较轻松，没必要把肌肉拉伤也留给未来的自己。

讽刺的是，正是由于朱莉和我昨天的工作效率高，所以我必须对最后的多米诺骨牌做出一些重要的决策。

厨房里还剩一箱多米诺骨牌。如果一切顺利，在今天的某个时刻，那一箱也能被用完。然后就得把剩下的十几箱拆开，可那些箱子是我的床架。箱子外面绕了一圈黄色带锯齿夹扣固定的绳子，上面放着一张双人床垫，床垫大小竟然和这个奇怪的底座基本相配。这床不怎么舒服，也不大，但纸箱用那根绳子绑紧后，倒也出乎意料地稳固牢靠。

要把箱子里的多米诺骨牌拿出来，床垫就只能放在地上了。我叹了一口气。卧室里放一张床，就能给人一种长长久久的感觉。要是没有，整个公寓的氛围都会变得不踏实，就好像我只是在这里暂住，只会给我的处境徒增唏嘘。

也许我能把这张床的寿命延长一段时间。拿走最外面的一排纸箱，床垫会垂下去，但看起来还是一张床。我松开绳扣，推出去四个箱子，再收紧绳子，围住剩下的八个。

我现在有了数量可观的一堆多米诺骨牌，就能完成两侧墙壁上的两道长长的斜坡了。我要先把支架固定在墙上，然后用螺丝把坡道装上去。如果今早我能把两个都装好，之后朱莉来了，我们就能处理难度更大的事了。

她没说什么时候来，所以我一直在留心敲门声。我打好洞，门没响；支架固定在墙上，两条坡道都装好了，门还是没响。我吃完午饭了，门还是没响。等到午后，当轻快的敲门声终于回荡在公寓里时，已经在我脑子里响过无数遍，以至于我过了一会儿才反应过来这是真的。

朱莉闯了进来，就像一团跳动的颜色。今天她穿了一条短裤，一件带花边的无袖上衣——又是黄色的——显得干净利落。她还带来几个大袋子，里面是很多点心，但重头戏和这些袋子无关。她兑现了承诺，把她的旧手机带来了。

"有点儿旧了。"她把手机递给我，"但相机功能是正常的。我今早试过了。"

也许这手机对于她来说是旧了，但在我看来是新的。我在桌边坐下，低头看着这部手机。现在，我手里有了一种新的记忆方式，另一种跨越时间将信息传递给等待在另一头的那个我的方式。

一股奇怪的自豪感油然而生，也许是某种新的归属感。我把这个物件传递给未来的我以后会发生什么？这种感觉能原原本本地从我这里传递下去吗？性格能像私人财产一样传下去吗？

手机是银色配黑色的，握在手里很舒服，我把大拇指悬空在屏幕上。整个动作都不需要我去思考，就和昨天一样。

我何必思考呢？很早以前的我可能拥有过这样一个设备，在发病之前，我可能还有过工作，还有钱、朋友和其他关系，就和普通人一样。

如果这是真的，我为什么没把手机保留下来？也许是坏了，过时淘汰了，而我认为它没那么重要，不值得保存下来做纪念品。也许我缺失的手机代表了我生活中的又一个难以解释的空白，这种空白比任何一个现有的纪念品都承载了更多的含义。

"这部手机现在就是个空壳。"朱莉的声音把我从沉思中唤醒。

这是一个很古怪的说法。

"里面什么也没有了，"她解释道，"都删干净了。"

"空壳。"我点点头。

"你愿意的话，我们现在就能解决这个问题。"她咧嘴一笑，把手机从我手里拿走，指尖轻轻拂过了我的手掌。然后她弯下腰来，来到和我一样的高度。她的肩膀往我这边靠，和我贴得很近，她的头发碰到了我的脸颊，让我的脸很痒。她的香水味冲进了我的鼻腔。

一时间我不知道发生了什么。我跟着她的视线望过去,才看到手机,还有屏幕上朱莉美丽的面庞;她对着旁边的我歪着脑袋。我知道这叫什么。自拍。快门一响,照片上的我笑得很拘谨,朱莉则神采飞扬。

"我们可以用这张自拍来做屏幕壁纸。"她轻滑几下,照片就再次出现在屏幕上。照片上的我永远定格在了那慌张的一瞬间。她把手机递还给我。"好了,这个手机不像过去那样空空如也了。"

她给了我手机,又给了我充电器。她简单地给我做了示范,但整个过程让我感觉非常熟悉。

然后我们开始工作。朱莉先把鞋子蹬掉,然后一边系上她的工具皮带,一边仔细打量我固定在两面相对的墙上的长坡道,对一行拾阶而上的多米诺骨牌发表了评论。两块远处角落里的木板代表了挑战性最高的一部分,所以我们把这部分留在后面,先去处理最容易的。

我们很快就进入了流畅的工作程序,不到一个小时就搭起来两块木板。之后,在开始连接坡道的精细活儿之前,朱莉建议休息一下,喝一杯下午茶。

"我真想抽烟。"她说,"不如我们坐到外面吧?"

她不让我把椅子从厨房里搬过去,直接靠着阳台栏杆坐在了地上。夏阳低低地挂在空中,此时已经不再发出炽热的光线。微风徒劳地想在闷热的空气中注入一丝活力。朱莉点了烟,对着阳台外面吐出一口烟。显然她并不介意夏天的炎热。我缩回到阴凉的地方。

她微笑着抬起头来。"怎么了？"

她发现我在盯着她看。"没什么。"我摇摇头，有些不好意思，赶紧去把她带来的麦芬拿出来。

她把香烟放在被她用来当烟灰缸的茶碟上。"对不起，你不喜欢烟味儿。"

"不，和这个无关。"

朱莉正正地和我直视，弯弯的眉毛下面，眼神十分认真。

"我只是在想你吸烟的事。我的意思是，因为你那么坚持不喝酒的原则。"话一说出来我就后悔了。我听着自己的声音，觉得其中批判的味道太浓。"对不起。我这个想法挺蠢的。"

"没有，其实这是个好问题。"她把香烟塞进嘴里，"有一个恶习就够了。仅此而已。"

我点点头，但又觉得这样有点儿轻重不分，因为如果她经常抽烟，造成的伤害肯定比偶尔喝一杯酒要大。

除非。

除非她不是偶尔来一杯。除非对她来说，饮酒曾是一个实实在在的问题。但我看不太可能。朱莉比我年轻，年纪那么小，肯定不会是酒鬼吧？

"所以你先把最糟糕的那个恶习戒掉了？"我參着胆子问了一句。

"已经 351 天了。"她苦笑道，"但这个数字重要吗？"

她从手提包里翻出来一串哗啦作响的钥匙，钥匙串上有一块厚厚的金属奖章。她把奖章递给我的时候，脸上闪过一丝骄傲。这块奖章格外沉重，把我的手压得往下坠。这块哑光灰色的金属片上骄傲地宣布"6个月"，还刻有日期。6个月滴酒不沾。

"我快能拿到12个月的奖章了。好激动。"她又露出半是骄傲半是讽刺的神情，仿佛在嘲笑自己的成就感。

"太好了。"

朱莉耸耸肩。她伸手把奖章从我手里拿回去，随便往包里一塞。尽管她没把这件事看得很要紧，这件事就和吐出的一口烟一样，我仍然觉得很荣幸，仿佛她刚把自己的隐私托付给了我。

说实话，从某种程度上来说，这就很合理了。从她出现在我家门口的那一秒开始，这个问题就一直在折磨着我：眼前这个那么活泼、有魅力的人，竟在干着一份那么平庸的工作。也许是我见识还是太少，如果她是一个正在戒酒的酒鬼，而这份送货的工作是她重新振作起来的方式，这样就很合理了。来到一个新的城市，换新工作，搬进新的公寓。一步步重建她的生活。我心中涌起一股暖意。

"我又得问一次了，有什么事吗？"她眯着眼睛问道。

见鬼。我又被逮到盯着她看了。我得改一改面无表情的习惯。话又说回来了，我生活的重点就是改变，就是发现自己在与人相处时犯下的错误，然后进行改进。"抱歉。我只是在想，你那么年轻，就要和这样的顽疾做斗争。"

她的眼睛眯得更细了。"我不知道这是不是对我的赞美。"

"哦，当然是赞美。我的意思是我的生活很寡淡，而你已经活出了有故事的人生。"

"酗酒可算不上什么本事。"

"算不上，我明白。不过你能去面对、去克服，就很不简单了。"

"哦，"她嘴角上扬，露出笑意，"照这个逻辑，我在这方面已经有相当的水平，因为我戒酒都戒 12 次了。"

我笑了，也听懂了其中的暗示：她失败了 11 次。但我还是很羡慕她的人生故事。她抽烟，不喝酒，耳朵上打了很多耳洞，穿硬邦邦的皮靴和飘逸的裙子。这所有的特点都在表明，她拥有一段真实的人生，成败并不重要。她的人生比我的人生好多了。

我又在愣愣地看着她了，但这次朱莉什么也没说。她转向外面的景色，又吸了一口烟。这时，我能一直看着她，看灿烂的阳光照在她的黑发上，还给她的脸颊抹上一道红晕。她的眼角有几根纵横交错的微笑纹，太阳穴上有一道细细的白色疤痕，另一端隐没在发际线中：也许都是过去那个喝酒的她留下的痕迹。这一切都无损于她的美貌。随着时间流逝，留下来的肌腱和疤痕，都是幸存者来之不易的奖牌，都是闪光点。

她捻灭香烟，我们回到室内，凉爽的冷气扑面而来。她把烟蒂扔进厨房的垃圾桶。

我给她讲解了我们接下来的工作。下一块要搭的木板在墙角的高处，会有一定的难度，我们也很快发现这活儿还需要一定的肢体柔韧性。朱莉的右脚和我的左脚只能踩在同一块垫脚砖上，我的运动鞋的外侧和她的光脚并排贴在一起，就像两块不相配的拼图。

我尽量排除这些干扰，动手找准木板的位置，用一只手把它固定住，另一只空着的手帮朱莉拿着电钻，她则忙着干那些最重要的活儿。现在我的脸距离她的只有十几厘米——我指的是侧脸。她聚精会神地对齐木板上的零件。我看到她的鼻梁上，还有颧骨上有淡淡的雀斑，给她苍白的皮肤增色不少。

房间里很安静，我们离得太近，仿佛一场大爆炸正在酝酿中。我突然有一种想要讲话的冲动，说什么都行，只要能打破寂静。

"我今早看了一些相关的历史故事。"真是万幸，朱莉说话了，"我在搜如何摆多米诺骨牌的视频，就碰巧看见了。"

"多米诺骨牌的历史？我都不知道多米诺骨牌还有历史。"

"任何事情都有历史。"她开始钻木板下面的洞，我感觉到她脚掌在发力。这时，她的膝盖往前靠，碰到我小腿肚靠下的地方，干脆就抵住了，把我的小腿当作一个方便的防撞垫。"具体细节我不记得了，多米诺骨牌起源于某个中东小镇，那里的人玩这游戏都玩疯了，能玩一整天。"

我试着把注意力集中在她的声音上。但她的皮肤、她说话间轻柔的气息夺走了我所有的注意力。我全靠意志力才能听清她的话。

"后来这个地方被某个领主入侵，惨遭劫掠。战争结束后，小镇的长老认为错在这个游戏……"她停住了，用手里的电钻钻了一下、两下。"这么说也没错。如果小镇的居民认真巡视领地，而不是玩多米诺骨牌，甚至不用多米诺骨牌赌博的话，小镇也许就不会被攻破。"

距离那么近，我能看清她前臂上的每一块肌肉。电钻在断断续续地轰鸣，她把钻头插进木板，肌肉也在有节奏地绷紧、放松。我把注意力拉回到多米诺骨牌，还有它们沾满鲜血的历史上。

"于是，长老们颁布命令，谁都不能再提起这个游戏。这样下去的话，多米诺骨牌可能就此消亡。但故事里说，一个年轻村民到外地旅行的时候，把游戏告诉了一个陌生人。"她从我那只没有扶着木板的手里拿起电动螺丝刀，把用过的电钻换下来。"但这时候，事情就变得很奇怪了。"

她回望着我。"这个陌生人，不知出于什么原因，非要把游戏规则全部刻在石板上，再放进陶土罐里，最后埋起来，而且埋在不同的地方。这块地里一个，那条小路边一个。这段历史就在这里戛然而止。那个人、那个小镇和多米诺骨牌，史上再没有任何记载，但藏在各种地方的陶罐留了下来。居然有这种事，你能想得到吗？"

"不。我的意思是，能，我能想象得出。"这是当然的。陶罐深深地埋在地下，不存在于任何人的记忆中，也没被写在史书里，但游戏规则一直都在石板上。这个游戏没有消亡，只是丢失了。

"你固定好这一边了,是不是?"朱莉开始调整木板的位置。

我点点头,转身从一堆螺丝钉里拿出我们要用的下一批。"右边的那个,是的。"我停下了。我脑海里的画面和我说的话有些对不上。朱莉和我面朝相反的方向,也就是说,她的右边应该是……

"那就怪了。感觉有点儿……啊!"木板歪了,斜着滑了出去。她忙着伸手去接,却被木板的重量压得往前倒。

木板挡住了朱莉的视线,让她看不到地面的情况。她看不到垫脚砖在哪儿,双脚只能保持站在原位,没法往看不到的地方迈出去,帮自己保持平衡。她没有其他选择,只能跌倒。在下面迎接她的,是成千上万的多米诺骨牌。

就在这一瞬间,她往前扑倒的身体定住了,就好像她单凭意志力抵抗住了地心引力。那次和跑步的人相撞的景象闪过我的脑海。我的手掌碰到她修长、结实的身体时的记忆,此时仍历历在目。

"靠!帮个忙!"朱莉还在慢慢往前倒。

她的声音立刻让我行动起来。我略屈身,一只手飞快地抓住木板,另一只手往前伸,想要用手掌拦住朱莉的身体。我感觉到结实的肌肉,紧接着就是她跌落的力量拽着我一起往下倒。我在蹲低的同时把手臂往回搂,稳住,搂紧。朱莉、木板和我摇了几下,终于没倒下。

一片安静。脚下没有传来多米诺骨牌排山倒海地倒塌的声音。只有朱莉颤抖的呼吸声。

"靠。"她说。"接得好。"

"我现在要把你推起来。"我的声音听起来出人意料地有威严感，就好像那种主持大局的人一样。

一开始，我动都动不了。我的手和她绷得紧紧的身体中间隔着一层柔软的棉质衣料，她身体的重量都压在我手上。我慢慢地把肩膀往前送，把搂着朱莉的手臂往回收，直到她的体重能重新平均分配到两条腿上，稳住身体重心。我们把纠缠在一起的四肢慢慢分开，直到把那块木板好好地固定在墙上，我们扶着木板的手才舍得放开。

"这下可以了。"我说，然后我们才把手放下。木板很稳，但我的脸还在发烧。整件事都是我的错。"都怪我。"我不好意思地转过头去看着她，"我应该说左边。我的右边是你的左边。你面对另一个方向的时候，要反过来。我的意思是，人人都懂的。那是肯定的。"

都掉到洞里了，还要继续挖坑。我闭上了嘴。

"不要紧。"朱莉耸耸肩。"你最后那一把接得很好。"她用手整了整衣服上我接住她时弄皱的地方，抚平了衣服。她把房间环视一周，再次踩上垫脚砖，转过脸对着我。"我要是再不把这个显而易见的问题说出来，我就要憋得爆炸了。"

我抑制住内心的不安。什么显而易见的问题？我是不是露了马脚，泄露了自己的病情？还是——也许更糟——是不是我碰到了她的身体这件事？

她抬了抬一边的眉毛。"你没想到应该先搭木板吗？"

我眨眨眼。

"如果你先把所有高处的工作完成了,"她说,"我们装木板的时候就不用战战兢兢,还差点儿摔下去,把一切都毁掉。"她咧嘴一笑。"我是说,我也和所有人一样喜欢玩立体版'扭扭乐'。如果先搭木板,再完成地面的多米诺骨牌,不就能把难度降低很多了吗?"

"哦,我明白你的意思了。"我点点头。"但不行,我只能这样做。在地面的多米诺骨牌都摆到位之前,我很难算出大体的时间。"

"时间?"

"时间才是关键。你喜欢的那些螺旋形图案,那个——"我搜寻着她用的那个词。"那些旋涡图案。它们的存在不是因为好看。这些多米诺骨牌倒下的时间会随着由内向外依次倒下的方式而改变。"我指着一片大范围的图案。"长的排列倒下所需的时间更长,所以多米诺骨牌的组合不同,就像波涛起伏,一波接着一波,快慢不一。但木板面积不够大,容纳不下大的图案。只有地板上的多米诺骨牌才能决定整体效果。所以我得先摆好地板上的,然后才能决定木板上的多米诺骨牌如何加入和离开下面的图案。"

我深深吸了一口气。据我所知,这肯定是我对别人说过的最长的一段话。

"哦,"朱莉说,"这我倒没想过。"

"反正,要经过大量练习,才能掐准时间。我用了几个星期在餐桌上摆多米诺骨牌,观察不同的形状、弯曲度和组合在倒塌时加速的情况。"

"你怎么会想到要定时间?你是在网上看到的吗?"

"没有。一直以来,多米诺骨牌的意义就在于此。"有时候,最简单的事情似乎最难解释。"我要追求的并不是摆好83000多块多米诺骨牌,一秒之后让同样数量的多米诺骨牌都倒在地上,而是倒下的过程、倒下时的流动性和高低起伏的状态。"我从没把这些想法用语言表达出来,甚至想都没想过。因为这是一个一看便知的道理。"那,就是美丽的坠落。"

"哦,"她移开了目光,看看下面,又望向一边。"好吧。"

我咬着嘴唇。听完我自己的解释,我感觉这个想法的确有些奇怪。给我布置这个任务的信里一个字也没提到我的创造物中的美。但在头几周里,我摆弄多米诺骨牌的时间越长,我尝试的可能性就越多。现在,我觉得这是世界上最自然的事情。

"我该走了。"朱莉摆了摆身子。"我们已经把那块木板搭好了,你接着干吧。"

"好,当然了。你帮了我大忙。"我感觉自己说得太多了。

朱莉忙着在厨房里收拾她的手提袋,我试着告诉自己,这就是我请她过来的原因——让我发现错误,改正错误。但现在我只觉得又傻又难堪。

她走到门口,转过身来。"谢谢你的招待。"

"你的故事还没讲完。"我说,"多米诺骨牌的故事。"

"哦,对。"她笑着靠在门框上,"我们讲到哪儿了?"

"埋在地里的多米诺骨牌。"

"对。"她点点头。"几个世纪过去了,无数帝国兴亡交替。一个旅行者听到传闻,据说当地的几块田地下埋着宝藏。他就开始挖,一连找了几周。本来想在地里干活的人不乐意了,但你瞧,他还真找到了一个罐子。"她两手一摊。"故事讲完了。"

"真不错。"

她笑了。"想想看,得具备多少因素才能促成这样的结果。小镇上的那个人得把这事说出去,一个突然冒出来的陌生人得决定把游戏规则保留下来,传给子孙后代,还有那个寻宝人得听说这件远古的传闻。"

我也笑了。一半是因为赞同,一半是因为一切又都恢复了正常。

"我明天要给戴维斯太太送货。"她说,"我顺便来看看你干得怎么样了,行吗?"

"当然可以。"我点点头,"没问题。"

她打开门,刚要跨过门槛时,转过身看着我。

"我喜欢你刚才说的那些。"说着,她点了一下头,然后就走了。

她喜欢我刚才说的什么?我回顾了好多遍我们的谈话,越来越确信她指的是我关于多米诺骨牌倒塌时间的那番话。其他的不搭调。她觉得那番话不奇怪。她喜欢那番话。

朱莉,这个有着丰富过去的绝世美女,看到了我做的事,倾听了我的想法。而且,她只需片刻就听懂了,还回应了。我胸中升起一阵暖意，一股柔情包裹着我，继而暖遍我的全身，速度比任何药物都快。

我迷迷糊糊地度过了下午剩下的时间。今天我还有足够的时间摆满一块新搭的木板。我的进度很慢，碰到朱莉平坦的腹部的左手还有些酥麻感。我手指和手掌的神经仿佛有了自己的记忆。我的手在回放那次接触，我还陶醉在抓住朱莉的上衣，碰触到那结实的肌肉时的感觉。

尽管这些想法让我分心，我还是完成了今天的工作。我和昨天一样，关掉大灯，花了片刻的时间环视我面前这座成长中的巨大建筑。我吸了一口气，希望我以后还能再次体会到这种感觉。

拍照。

这次，画面可以定格了：把形式固定下来，就能传递给未来的我。

我拍了几张照，然后是一张全景图，把整个建筑物都拍进去了。拍照的时候我没遇到任何问题，显然我以前有过这样的设备。现在光线渐暗，照片无法捕捉到所有的细节，但我并不在乎。这座奇怪的雕塑有了深色阴影的衬托，显得更有神秘感。

记录下一天的工作后，我慢悠悠地完成了晚上的杂事。我吃了晚饭，却什么味道都没尝到。我的手总是往盘子旁边的手机那儿挪，然后拿起手机，打开主屏幕上的图片。朱莉往我这边靠时，她的棉质上衣碰到了我的肩膀。这是一段被捕捉到的历史，那一刻的记忆被保存下来，能够传递下去。

我依靠惯性洗了碗碟，心思已经不在这里，注意力也不集中了。但写日志不能靠惯性，这种细致的记忆问题是需要花心思的。

我打开笔记本，翻到空白的一页，潦草地写下头几个字。然后注意力就像温热的糖稀一样从笔尖流走了。只有旁边的手机不停地提醒我，我在干什么。屏幕上的照片大约30秒就变黑了，所以我要不停地点击屏幕。我并不介意。

我把我的目光强行带回到写在书页上端的几个字上面。"第7天。"

一周。7天就是一周。

不对呀。我翻回去几页，找到了昨天日志的开头。第8天。所以今天是倒数第7天。这是最基本的算术。

但我感觉还是不对。我大步走到挂历前。和每天晚上一样，一天结束时我会在这一天的日期上画一条斜线。今天的正下方的那个日期上有一个红星标记。那是6个月前做的标记。为了不出错，我数了两遍。当时，我剩下的时间就像一个敞开的巨大空洞，通往远方的地平线。

我剩下的时间已经近在眼前。

今天是周日。等到下周六晚上，把日期画掉的就不是我了，他和做这个红星标记的"我"不是同一个人，和那个在日期上画蓝色斜线的"我"也不是同一个人。我的心在发紧。这是我的最后一个周日夜晚。

胡思乱想。到下个周日，我当然还是同一个人，只不过不是经历过这个周六的那个人。下周日和今天的记忆不能储存在一起，此时此刻的这些想法，到那时候也已经消失了。能贯通现在和未来的，只有日志在某种程度上能记录下来的部分体验。

我用手掌根按着前额，用力把涌起的恐惧感压下去。

深呼吸。那个重拾这些记忆、翻看一页页日志的人，依然是我。那封信，那些多米诺骨牌，那些纪念品，每天的运动和门上的锁，所有这些都能保证那个接替我的人在行为和思想上和现在的我一致。他会和我一样，由我的选择和行动所创造。毕竟，我从第一天就开始为我的最后一周做准备了。

如今这一周终于到来了。我做了些什么？我的目光落在桌上的手机上。朱莉的手机。我的手上还留着碰过她身体后的酥麻感。我脑海里还在回放她临别时的言语。

我分心了，而且还是在最不合时宜的时候。这就是关于我现状的事实。现在是最需要我掌控局面，全心全力站好最后一班岗的时候，这样才能让我在下一次醒来时丝毫不走样。

我抓起手机，按了一下，屏幕上出现两张脸，笑盈盈地看着我。

当初我觉得让朱莉介入我的生活是个好主意，但现在我只剩下7天了，风险太大，这种局面不能再继续下去。如果保持我们的朋友关系，朱莉可能会在下周日或周一不事先通知就突然来访，到那时候我会有怎样的反应就不在我的掌控之中了。还有一个更深层次的问题，一个我没有预料到的威胁。和她在一起的时候，我的心会狂跳；我们俩的照片，我也舍不得放下；

朱莉对我的话做出回应时，我会莫名感到快乐。她让我忘记了我自己。

上瘾一定就是这个样子，所以人们才会无法自拔。

"明天，"我写道，"我要收回掌控权。"

第 6 天

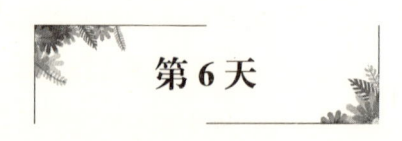

今天必须采取行动。

我猛地睁开眼睛。

只剩下 6 天了。我需要一个计划让朱莉离开我的生活。这一次,我的工作不是搭建,而是拆除。

她是我的送货员,这个角色让事情的处理有些棘手。如果骗她我接下来几周要去度假,这种谎言无伤大雅,却太容易被识破。但一想到要把事情面对面地挑明,我就紧张得直冒冷汗。

我把被子一掀,强迫自己开始晨练。身体的疲劳很快就带走了纠结的焦虑。我持续发力,除了疲惫没有其他感觉,只知道跟着习惯走,唯一的意识就是数动作次数。夜间黏糊糊的冷汗被早晨健康、温热的汗水冲走了。

运动后就是拉伸。动作交替之时,我缓慢地呼吸,清理我的思绪。没必要把事情想得太复杂。我可以请朱莉明天送双份的日用品，足够我下周用了，免去一次送货。然后我告诉她，接下来一段时间我不在。如果她问起原因，我就说我要处理一些私事，她会尊重我的意愿的。

在这之后，我可以让我们的友谊——也就是我们刚开始的这种关系——自行消逝。莱斯特先生到时候也能度假回来了。如果我想要继续尝试培养社交技能，也许我可以邀请莱斯特先生过来吃晚饭。这样做是可行的，朱莉就是一个很好的证明：无须铺垫，开口邀请就行了。

我就这样有了一个计划，仿佛搬开了压在我胸口的一块大石头。我一边做最后的拉伸，一边练习台词，然后去冲澡。"是这样，朱莉，我有些事要办……"我对着镜子演练了一遍，脸上带着既友好又有些懊恼的微笑。

我怀着愉悦的心情开始摆多米诺骨牌，尽管我知道我会思念朱莉出现时我那种激动的心情。我不禁惆怅地望了一眼本应搭建最后一块木板的地方。原计划是在厨房门框上搭一块木板，把两边的多米诺骨牌阵连接起来。我把这块木板留到最后，因为它位置高、难度大。现在我怪自己没有在有帮手的时候把它装好。好吧，我只能自己来了。只要能重新孑然一身，一切看起来都会容易一些。

刚过午饭时间她就来了，她亲切地笑着向我问好，一边看我新完成的工作，一边点头。"整体效果越来越好了，是吧？"她说。"上周里你干了不少活儿。"她转来转去，看了个遍。

我做好准备，张开嘴，懊恼的笑容也摆出来了。

朱莉看了看手表,说:"我两点钟就要回公司,我能抽出来整整38分钟。我们大概能把过道上面的那块木板装好。"

我闭上了嘴。如果能把那块难搞定的木板装好就太棒了。38分钟大概够了,还给了我更多的机会表演我的谎言。

不过,一旦开始安装,我就觉得还是等她要走的时候再说会更自然。除此之外,工作也占据了我所有的注意力,因为这也太难了。这是一栋比较老的公寓,天花板很高,门廊很低,只比我们的身高高一点儿。这块难搞定的木板要装在比其他高的木板还要高50厘米的地方。我操作的时候只能高举着双手。运动的疲劳,再加上我要把笨重的工具举过头顶,相当费力,我很快就感觉到乳酸在我的斜方肌和三头肌堆积,引起了酸痛。

但朱莉的难度更大,尽管她能站在中间的通道上,而我只能站在一侧的垫脚砖上并保持平衡。她把双臂完全伸直,踮起脚,才够得到打眼的地方。"谢谢你,老妈。我就知道那些芭蕾课总有一天能派上用场。"她说,"你能保持得住那个姿势吗?"

"哦,你知道,我立体'扭扭乐'玩得很好。"

朱莉对我笑了。她从头到脚把我打量了一番。我两腿分得很开,双膝微屈,两手向上举起,样子一定很可笑。

朱莉把木板放上去以后,就得换一个姿势。她几乎是站在我两腿之间,踮着脚,抬着双手。我把注意力集中在扶木板上。朱莉把电钻往墙里打时,为了让高举的双手使上劲儿,身体也跟着紧张起来。她一用力,肩往后靠,脖颈显得更加修长——

离我的脸只有十几厘米远。这比昨天还糟。我深吸了一口气，一股香草和盐的味道幽幽地钻进了我的身体。

我们离得那么近，我都能看清她那条细细的金项链上一环环的链扣。这条项链绕在脖子上，顺着胸部的曲线往下垂，最后消失在上衣领口下。往上一点，我能看清楚她的一头短发，头顶的头发往前梳，两鬓的头发短短地贴着头皮。头发在靠近根部的地方不再是墨黑色，而是露出了琥珀色。我听到耳朵里脉搏怦怦地跳动的声音。

朱莉忙着工作，注意力全在视线上方，似乎没有注意到我们离得有多近。她移到下一组铅笔记号前，把电钻往木板里用力一钻，身体便向后倒，幅度很大，只差三厘米就要撞到我了，而现在她的后颈和耳后的碎发都擦到了我的鼻尖。

我无处可躲。我双手正扶着木板，一点挪动的余地都没有。我一阵发慌，却动弹不得，她和她的气味让我失去了思考能力。

这是一个错误。再次让她来帮忙是一个错误。真该死，让她走进门来是一个错误。我怎么会以为我能控制住这种局面呢？她绝对不可能感觉不到我对着她脖子呼出的气，不可能听不到我剧烈的心跳。

不能再等了。我们把这块木板固定好，我就要把准备好的托词说出来，结束这一切。

"搞定！"电钻声渐渐小了下去。"最后一块木板也装好了。"朱莉猛地对着我转了过来。"哦。"

她没意识到我们离得那么近。她往后一缩，似笑非笑地半张着嘴,一只手啪地搭在我右肩上,仿佛是在礼貌地和我保持距离。

如果说之前我下定决心要结束这种太亲密的接触,那么现在占据我视野的大眼睛和不自然的微笑更是起到了一锤定音的效果。这一切必须结束,立刻结束。

我深吸了一口气。我们的目光相遇了,她把下巴往上抬了一毫米,这是一个最微小、最难以察觉的动作。然后,我吻了她。

我想都没想,这事就这样发生了。这是一种突如其来的、疯狂的冲动。我吻了上去,就像遵循地心引力一样自然,也像抬脚迈步一样轻松。我们的嘴唇轻轻地碰在了一起。如果我感觉到了抗拒,哪怕只有片刻的退缩或细微的紧张,都能让我立刻从这狂热中惊醒过来。但我吻上的嘴唇没有流露出一丝犹豫。她迎着我的吻,更激烈地回吻过来。她张开双唇……

我抽身而退。"对不起。"我把扶着高处木板的手放下来,无奈地抬抬手,"对不起。"

"没关系。"她微笑着,甩甩头,有些意外的样子。她的脸颊和嘴唇都还在发红。虽然我怕得要命,但还是发现她此时比以往更漂亮。"真的没关系。"她伸出手来,仿佛想要抚摸我的脸。

我往后一晃,躲开了,然后跌跌撞撞地从垫脚砖走到客厅中间安全的走道上。"不,有关系。"我用力摇了摇头。"我很抱歉,我不应该那样做。我犯了一个错误,很不理智的错误。"

"我不觉得这是一个错误。我也不觉得这是很随意的。"

她似乎觉得我的道歉有些没来由。也许这是可以理解的。在她看来,我一定是疯了。先毫无预兆地吻了她,然后又把整件事否定掉。

"你不明白,我们不可能——"我打住了。并没有什么"我们",永远不可能有。这个概念不能用在我们身上。"我非常抱歉。"

如果那个吻没把朱莉吓一跳,现在我窘迫的道歉也吓了她一跳。她从微笑变成了皱眉。"好吧。就算这是一个错误吧。"她抬起双手,掌心向外。息事宁人的姿态,"没什么大不了的。人人都会犯错。我们冷静一点。"

这种情况下最不需要的就是冷静。我觉得我的嘴唇和身体背叛了我,结果让可怜的朱莉成了这场战斗中的受害者。而这是我和我自己的战斗。

我必须让她离开我的公寓,离开我的生活。我不知道哪个事实让我更害怕,是我吻了她,还是她回吻了我。"不行。"我说,"我们必须做个了断。你不能再过来,不能再帮我的忙。你必须离开。"

"好。"她还举着手,"如果那是你想要的,我走。"

"那就是我想要的。"

她看着我好半天。我的反应一定很怪异。到底什么样的疯子才会吻了别人,然后把对方赶走?"我去拿包。"她转身走向厨房,有些低垂着头。

内疚之情攫住了我的喉咙。我干了一件多么混账的事啊!

我先是表现得对她有意思,然后翻脸不认人。我把罪恶感赶出脑海。这件事必须现在就了结。和她在一起时,我信不过自己。她走过时,我保持和她的距离,离开过道,踩在垫脚砖上。

她从我身边经过时转过身来。"那么,"她开口道,"做朋友?我们就当这些都没发生过。"

"不。"她还是不明白这有多危险。但她怎么可能知道呢?"我不能再见你了,永远不能。我们之间结束了。"

她猛地停住了脚。"你在说什么?"她把两手交叉抱在胸前,"你为什么要这样?"

"我会打电话到店里。我会跟他们解释。我会说——"

"你不能打电话到店里。我需要这份工作。我刚开始上班。"

"我不会给你惹麻烦的。我会告诉他们是我的原因。我会说,我有特殊情况。"基本上很接近事实了。我伸出手,不是为了和她产生接触,而是为了指引她往门口走。我心里想的只有让她快离开我的公寓,越快越好。

"不!"她大声说道,一把将我的手打开,"你不能这样做。这不公平。"

"我只能这样做。我很抱歉。"

"不!"她几乎喊了起来。

我停住了。"你说'不'是什么意思?"我又挥挥手臂请她继续走,"你现在必须走。我很抱歉,但我没别的办法。你必须离开。"

她寸步不让。"你为什么要惩罚我?"朱莉质问道,"是你吻了我。"

　　我摇摇头。我很理解她的愤怒。在我看来,她应该气得夺门而出才对,而不是生气地站在原地。"我很抱歉。那一刻我太软弱,没能把持住。"

　　"你不如说那一刻是有勇气,现在这样才是软弱。"

　　她的针锋相对让我慌了阵脚。"我知道这对你来说很难理解,"我辩解道,"但你不能出现在我身边。送货也不行。这对我来说不安全。"

　　"你为什么就不能把实情告诉我?"她的声音不那么强硬了,她朝着我迈了一步,"我能感觉得到你喜欢我。你吻了我。"

　　"你不明白!"我提高了音量,音调也跟着上去了,完全是因为太慌张。我往后退,但地上的多米诺骨牌和头上的木板把我围了起来。

　　"好啊,那你解释给我听听。"我退一步,她就进一步,脚掌精准地踩在垫脚砖上,就像一只追击猎物的美洲豹,"你不能就这样把我赶走。告诉我,到底怎么回事?"

　　"你必须离开!"我急得破了音。我已经退到了角落里那块木板下面。我已无路可走,可她还是不依不饶。

　　"你不用怕我。"

　　"我不是怕你。我是怕……"我说不下去了。

　　"周日。"

　　我被打了个措手不及。"什么?"

　　她迎着我的目光,一语不发,眼里却跳动着愤怒的火焰。

她平静、从容地后退了几步，仿佛要给我空间来体会她刚说的话。

周日。

还有6天。

然后就是遗忘日。

"你看见日历上标记的日期了。"我指着她说道。"你偷看的。"日历就挂在厨房里，一览无余——周日上面打了一个红叉。也许她把这个日期和我赶着要把多米诺骨牌完成联系到了一起。

"我知道周日会发生什么。我一直都知道。"

这我可万万没想到。"你看过我的日志！"她有这个机会。我每天都把日志放在外面，我又不可能随时盯着。"你都干了些什么？你在监视我吗？"我朝她走过去一步，指着门。"你给我马上走。"

她一动不动，也不说话。我的多米诺骨牌簇拥在她脚下的地板上，好像几千个小小的人质。

我受够了。事实证明，朱莉是一个潜入我生活的疯子。"不管你在搞什么花招，都结束了。"我挺直了身子，声音洪亮又坚定，"如果你不立即出去，我发誓我会亲自把你这个疯——"

她把我伸出来的手打开，反手往我胸上打了一下。

"我是你妻子，罗比！"

我肺里的空气仿佛瞬间被抽走了。我喘不过气来，跌跌撞撞地往后退，一只脚没踩住垫脚砖，却压坏了一块隔挡纸板，推倒了面积不大的一片多米诺骨牌，但我几乎没注意到。

"你说什么?"

"我们结婚了,你这个浑球儿。"她擦了擦眼角,但她眼里的愤怒要多于泪水。

我在跌进那汪洋般的多米诺骨牌之前稳住了脚步,要是发生这样的灾难那就完了,什么样的隔挡都没用。

"我、们、结、婚、了。"她一字一顿地说。"罗伯特·菲利普·彭福尔德。"

我都不知道自己的中间名,只知道病历本上我的名和姓中间有一个P。她的语气毋庸置疑,我逃避似的反对这种可能性。她一定是在撒谎。疯子。

"你没结婚。你没戴戒指。"我想不出还能说些什么。我就像一个溺水的人,而这句话就像一根稻草。

朱莉嗤笑了一声。她沿着脖子摸索了一下,找到那条她一直戴着的项链,拉出来,下面是一枚式样优雅、由白色金属和绿色宝石打造的闪闪发光的戒指。大概是祖母绿,和她的耳环,还有眼睛都很搭配。这一定是专门为她定制的。

我不以为然地皱了皱眉头。这不能证明任何事。

朱莉把戒指握在手里,干脆利落地一拽,把链子扯断了。项链从她脖子上滑了下去。然后她把戒指往左手的无名指上戴,然后又停住了。

"呃,"她看着自己的手,微微一笑。"婚戒即使不戴了,戴过的痕迹也是永远都在的。"她举起左手,掌心对着我,手指分开,"戒指戴的时间够长的话,手指会依从戒指的尺寸而改变。戒指反而成了主导。"

在她的无名指的指关节下面,的确有一圈凹陷。我的喉咙仿佛被堵住了。

没等我反应过来,她已经抓住了我的手腕,向上一拧,举到我眼前。

"戒指戴的时间够长的话,"她重复道,"戒指反而成了主导。"

果然,就在我第四根指头的关节下,皮肉有向内的压痕,只是一道很浅的凹陷,难怪我从没注意到。这样看来就像我身上少了点儿什么。

"不。"我小声地说,我不接受这道痕迹,不接受它的历史,不接受它可能含有的意义。

"就是这样。"

"不可能。我不可能不知道。"

"你当然知道。你吻了我。"

我感觉天旋地转,不知道该相信什么,只知道自己需要有些空间来思考。"你必须走。"我在说出最后一个字时,声音是颤抖的,听起来无力又可悲,"求你了。"

朱莉仿佛被我声音里的绝望吓到了。她往后退了一步,脸上的怒色消失了。她用手捂住了嘴。"对不起,让你难过了。这完全不是我的本意。我知道你现在一定很不好受。"

"不好受?"

"你是对的。这不是你的错,而且,这样对你也不公平。

我真应该为这种可能出现的状况做好准备。"

这种状况？我吻她？还是我把她赶出去的状况？还是两者都有？

"请你走，好吗？"我考虑的不是未来，也不是我需要时间来思考，而是我需要缓一缓，喘口气。

她搜寻般地看着我的眼睛。"我走。如果这是你想要的。"

"是的，这是我想要的，"我如释重负，结结巴巴地说，"这就是我想要的。"

"那好吧。"她慢慢地点点头。"但我们没有结束，罗比。修复这一切之前，我们没有结束。"她说着，夸张地把手一挥，似乎把一切都包含了进去，我、她、这个房间和多米诺骨牌。

我没有再开口。她同意离开。其他的事都不重要了。我鼓起所有勇气与她对视。她眼中闪烁着坚定的光芒。我眼里全是绝望。

她重重地吐了一口气，叹道："他妈的。"

还没等我回过神来，她就转过身，大步朝门口走去。

"等等。"虽然我很想结束这一切，但我必须问清楚。朱莉回过头来，我脱口而出："你为什么骗我？为什么不一开始就把真相告诉我？"

她的脸沉了下去。"哦，好让结果和上次一样吗？"她嗤笑道。

她最后摇摇头，走了。门砰的一声在她身后关上了。

我用尽最后的力气走到客厅中间的走道，再走到门口。我把锁一道道地锁上。

终于只剩我一个人了,终于安全了。我走出多米诺骨牌厅,瘫坐在餐桌前。与此同时,她最后那句话却在我心中挥之不去。

上一次?

呼吸。

我一边颤抖着,一边用力吸气,然后用手抱住头。

我结婚了。

我的本能反应是避开这个想法,但它就像拧进软木头的螺丝钉一样钻进了我的脑海。朱莉的说法也不是不可能。我在一年前搬到这个公寓,在此之前的生活,我的确不了解,只知道我来自墨尔本,我的医生都还在那里。朱莉说她是南方人,所以,也许过去我和她住在南边,甚至和她结过婚。这就能解释为什么她会知道我的病了。

我无名指上的压痕也说得通了。我在椅子上坐直了,逼着自己去看它。那一圈凹痕很难看又突兀,就好像树干上被缠了一圈栅栏铁丝。几年后,铁丝早已生锈、断裂,树上依然留下了曾受束缚的印记。我瞪着这道压痕,仿佛它背叛了我。这证明了朱莉的说法。

不对,这个迷局肯定还有其他的解释方法。朱莉的故事有很多漏洞。如果我们结过婚,我们为什么没有在一起?我为什么要搬到几千公里之外,独自一人生活?还有,如果她跟着我到了这里,就像她说的那样,有过"上一次"的接触,为什么我没有和她相认?为什么她要精心设局,步步深入我的生活?

再仔细一想,为什么这些信息没有传达给我?我的纪念品里并没有和朱莉的戒指相配的婚戒。不管过去的我对她有什么样的看法，不管我们结局如何，我都不可能把这种东西一扔了之。我不会做出这样的事来。婚姻是大事，戒指是和重要历史相关联的证据，我不会把这么重要的东西丢掉。

更重要的是，信里没有提到过她。为了确保我没漏掉什么，我跑去从记录箱里拿出了那封信。虽然信的内容我都背熟了，但我还是一字一句地钻研了一遍。

信里没有提到她。也许我违背过这些规定，所以才会强调独处和隐居的重要性。也许我曾和别人在一起。但这些话也有可能是为了警告我，不要让任何人潜移默化地成为我生活的一部分。不管怎样，信里都没直接提到我已婚的事，而这种事情，我是不可能忘记提及的。

我嘴里干燥得好像羊皮纸。朱莉在这里的最后几分钟，让我感觉像过了一辈子那么长。我强打起精神，走到冰箱前，拿了一杯水，把冰凉的杯子贴在一侧太阳穴上。透入头骨的凉意让我的意识渐渐清醒了。我不知道朱莉在搞什么鬼把戏，也不知道她怎么会知道我的秘密，总之，她的话不可信。

阳台椅子还在这里，放在餐桌旁边。我把它抬到外面的阳台上。正午的热气从下面的街道升腾而起，吹热了我的衬衫。我眺望着城市，头一次感觉城市可能也在回望我。朱莉是不是一直在监视我？她现在会不会还在监视我？从我在过去一个小时里所了解到的情况来看，我不能不怀疑她。

我回到室内，把阳台门关上。转动门闩时，锁芯感觉有些生锈。在五楼，一般来说没必要锁阳台门，但现在我觉得有必要把所有我能采取的防御措施都用起来。我又检查了一遍大门的锁，这是毫无必要的。我没理由感到害怕。这里是我的家，我是安全的。

不管朱莉想干什么，我都已经把她锁在外面了。多米诺骨牌的工作进展顺利，一切都走在正轨上。其他的事都不重要。遗忘仍会在5天后到来。信里关于不近生人的警告依然有效，并显得比以往更有价值。

就这样吧。我决心已定，把朱莉、婚戒、她疯狂的故事等，全都拒之门外。我只把心思放在多米诺骨牌上。

即使在那里，在那些多米诺骨牌里，仿佛也留下了朱莉的印记，就像金色的矿脉贯穿于黑色的岩石中。不管我望向哪里，都能看到各种细节，从把房间分割成整齐对称的线条的隔挡，到高悬在上方的木板，都大声提醒着我她的存在。甚至我设计的旋涡形图案现在也因为受过她的赞扬而遭到了玷污。也许我已经把朱莉赶出了公寓，但这里到处都有她的痕迹。

无所谓了。我义无反顾地回到工作中，从之前我往墙角里退的时候碰倒的两组长方形多米诺骨牌开始修复。随着多米诺骨牌一块块摆正，形成组合，我觉得我可以把她的印记抹去。抱着这样的想法，我在摆多米诺骨牌中度过了这一天剩下的时间。

夜晚来临时，要想控制住自己的想法就变得很难，我的思绪不断地飞回到朱莉身上。我干脆放下多米诺骨牌，做了一个三明治，在餐桌前提前吃了晚饭。因为有被人窥探的可能，我不想到外面去。

手机就放在我的盘子旁边，我顺手按了一下主屏幕键，只见两个微笑的人看着我。

我和朱莉不是朋友。什么都不是，只是一个诡计、一个谎言。

我胸中燃起了怒火。她不配存在我的生活中，不应该带着笑容，带着那种看似天真的笑容打开我的世界。我按了几下手机，把这张冒犯我的照片从主屏幕删掉。一种把它永远删掉的冲动闪过我的脑海，但我做不到。我没有足够的经验来帮助我舍弃这些东西。

我把信折好，放回去。如果信里有警告我提防朱莉的内容，那也是拐个了大弯才达到了这个目的。我可以为未来的我做得更好。我翻开日志里新的一页，开始写起来。提前警告就能提前做好防御。

外面暗下去，我用手机主屏幕投射出一片淡淡的光。手机空空的蓝色屏幕在暮色里发着亮光。

它就像一个空壳。

但我和朱莉的照片存在了手机里，这一段记忆将从我手里传递到未来。

第 5 天

还有 5 天。

今天是这么久以来我第一次没有晨练。摆脱了朱莉,我本该感到毫无牵挂,但我却觉得昏昏欲睡。我勉强走到餐桌前,吃了几片烤吐司。我甚至消沉到无法为自己的松懈感到内疚。

我觉得自己好像在想念她。好像最近几天的早晨,我起床都是因为能见到她。现在没了她,我身上的动力都消失了。

我能做的只有专心过好这一天,把多米诺骨牌摆好。我吃不下早点,把最后一块乏味的烤吐司扔进了垃圾桶。尽管打不起精神,该做的事还是得做。

首先,我要解决补给的问题,也就是食物。未来的我必须独自度过头几天,在这段重要的新生中,不能受到任何干扰。所以我要制订新的送货计划。我得做一件我从没做过的事——打电话给超市,至少在莱斯特先生回来之前,安排一个新的送货员。我突然觉得，如果有网络的话，这事能更容易。我找来号码，放在桌上，然后伸手去拿公寓里的那台旧座机。

就在这时，座机响了起来。

我急忙把手缩回去，仿佛这是一个活物。在这套安静的公寓里，电话已经很久没响过了，我几乎忘了此时响彻房间的铃声是什么。朱莉，一定是她。除了她，没人会打电话来。而且她说过，一切还没结束。

电话还在响。我不为所动。随便电话怎么吵闹，我都不会接。最后，大概过了一个世纪，铃声停下了。然后，它没给我片刻整理思绪的时间，就又响了起来。别的姑且不论，她真是一个有毅力的人。如果她的故事是真的，我真的是她失散的爱人，她怎么可能很快就放弃呢？

我不能否认，我的确有些希望她的故事是真的，而且这不仅仅因为她美貌动人。考虑到过去二十四小时里发生的事，我大概能把足智多谋和意志坚定也算成她的优点。我闭上眼睛，有那么一瞬间，我让自己沉浸在幻想中，我幻想她了解我，真的了解我，并且我完全可以信任她。

这对我眼前的情况来说是一个完美的解决方法。如果朱莉真的了解我，她就知道我所有的希望和梦想，还有我的项目和计划。我们就可以共同建立一种生活，遗忘发生时，这样的生活在继续，我只要接着过日子就行了。这就好像把柔软的黏土压入坚硬的模具里。我为了把自己延续到下一个遗忘后的周期做了那么多——做运动、搭多米诺骨牌、写日志，但这些她也能做到，甚至能做得更好。

如果她说的都是真的，如果我可以信任她。

电话铃声停了，然后再次响起。我睁开眼睛，看着电话。我必须专注于证据，而不是专注于我希望的事实。我的赌注很高，一旦失败，后果不堪设想。现在我得不到新的证据。她说过这一切没有结束，果然，她现在仍不肯放手。

我把听筒拿起来，铃声戛然而止，再把电话挂掉。好了。但愿现在她能意识到她的不屈不挠是在白费力气——因为我要远离她，保护自己。

我抛开所有一厢情愿的想法，继续工作。很快我就投入了进去，几个小时就这样过去了。我开始攻克剩余的空白地面，这就需要我做出一些创造性的决策，我就不会去想……

咚咚咚！

敲门声在房间里回响。她在敲门。我心中一惊。白痴！我早该预料到这种可能性。我不能让她进来，这一点是肯定的。昨天她不肯离开，把我堵在自己家里的记忆仍然很鲜活。

咚咚咚。

"喂。"朱莉的声音传进了房间，就和警报声一样让人感到危险，"是我。"

我想回答，我想告诉她，我知道她是骗人的，然后命令她走开，但这些话卡在了喉咙里。

朱莉的声音打破沉寂。"快，开门吧！我想为昨天我的行为道歉。我错在不应该突然告诉你那么多。我欠你一个解释。"

我紧紧地闭着嘴。我的下腭抽动了一下,让我咬紧了牙关。我带着莫名的恐慌盯着大门,一动不动,也不说话。也许这样更好。如果我不说话,我们就无法沟通,她就不能说服我把门打开。她会得寸进尺的。

"我带着你的日用品来了。"她说,"你别忘了,今天是周二。你迟早都要出来把东西拿进去,不然就放坏了。"

见鬼,她说得对。我让双腿放松到能走路的程度,然后走到门口。

敲门声又响起来了,这次声音更大。我几乎能感觉到这声音颤动着从我站在地上纹丝不动的双脚钻进了我的身体,顺着脊椎骨传到了我僵硬的脖子。

"我知道你在里面,罗比。"她的声音听起来很沮丧,"开开门,求你了。"

我才不开。我们在一起的时候,我不信任她,我也不信任我自己。她最后只能放弃,然后走开。

"你是来真的吗?"她现在的声音变得有些恼火,"你真的要闭着嘴巴当一只缩头乌龟吗?"

我把双手交叉抱在胸前。我才不是缩头乌龟。

咚咚咚咚咚咚。"罗比?"恼火又变成了绝望。

我朝着大门伸出手去。尽管发生了这一切,我还是有些想见她。屈服会是什么感觉?这个问题我根本就不用问。我当然知道那是什么感觉,就像一个吻一样甜蜜。我把手掌贴在门上,把身体的重量压上去,不去碰门锁。

"好吧，行。"朱莉的声音又传了过来，"那我就对着门说话。我就站在这里对这扇该死的门说话，像个傻瓜一样。但愿你的邻居不介意。"

接着是一阵停顿，也许是为了看看我会不会心软。

她叹了一口气，隔着门我差点儿没听见。"我很抱歉我不能直接把所有真相，还有其他事都告诉你，但我没其他选择。"

我希望我能看见她。无论她脸上此时是什么表情，眼里是什么神态，我都不知道。我站在原地，听着门外她的声音。

就像一个傻瓜。

"我失去了你，"她继续道，"在第三次遗忘发生的时候。"

她和我用的说法一样。"遗忘。"这是我们过去在一起的证据吗？或者是她读过我的日志，或者那封信的证据？

"当时你一个人，所以我们才失散了。我花了几个月的时间才找到你的下落，追踪到你——一个人——住的地方。我非常兴奋。我知道你挺过来一定不容易，既迷失又孤独。但我没意识到会这么不容易。我没多想我突然出现在你面前时你会有什么反应。我就这样急着闯入了你的生活。我太高兴、太愚蠢了。"

我转过身去，无力地用背靠着门。我贴着光滑的大门往下滑，直到坐在了地上。也许我不相信她，错的是我。

"你把我赶了出去。"她继续道，"你又气又怕。你不想和我有任何关系。你甚至——"她的声音哑了下去。"总之，我不该那么鲁莽。你不想认识我，所以我只能尝试其他方法。"

我摇摇头，脑袋靠在门上摩擦。她每给出一个答案，就能带出10多个我没勇气去问的问题。我坐着，嘴上说不出话，心中满是悲凉。

"对不起，我骗了你。但我试过说实话。我已经不是第一次在这里捶打这扇门了。上次遗忘开始后，我知道你会忘记我的脸，我就可以利用这个机会。"她的语速加快了，"我知道你心里还留着我们在一起时的记忆，我们只要给你一个机会就行。果然，记忆被唤醒了。我看到了你看我的样子。我感觉到了你是如何吻我的，罗比。"

我紧闭双眼，不去想她说的话。但我也感觉到了。

"别让我无路可走，罗比。"她的声音低沉了下去，我得仔细听才能听清，"我知道你又困惑又孤单，但照顾你是我的责任。我们对彼此做出的承诺。我们要在一起。别让我没有其他选择。"

没有其他选择？现有的选择是什么？

"你是相信我的，对吗？"她说，"我手机上有我们所有的照片。你打开门，我就能给你看。"

门外的声音停了一会儿。然后朱莉又开始捶门，一下下地通过木门振动着我的肩膀。

捶打突然停住了，也许她发现了我的身体贴在门上。

"罗比？"

片刻之后，我背后的门动了一下。幅度不大，好像在门那边，我身后的朱莉也坐了下来。我们就这样背靠背坐着，面朝相反的方向，两人之间只隔着几厘米的木门。

一阵沉默。

我颈部的血管不断搏动，因此我知道时间在流逝。但我不想动。只有在这种时候，我才能离她最近，但也能感到安全。

我不知道我们在那里坐了多久。可能是几分钟，也可能是几小时。然后她说话了："好吧，我的计划不是等你饿得受不了再跑出来。我把你的食物搬下来，给你放在这里。如果你不相信，我把我的驾照留下。名片上的名字是我伪造的，但驾照上是我真实的名字。你待会儿就知道了。"那边又顿了顿，之后她的声音变得很轻柔，几乎听不到，"别一直那么死扛着，亲爱的。你永远不知道有些疯女人被逼急了会使出什么招数来。"

接着是一阵轻轻的碰撞声和窸窸窣窣的声音，给我的感觉是，她终于放弃了。

我把头往门上一靠，顿觉疲惫不堪。我让时间一分一秒地过去。很安静。现在她肯定已经走了。我从地上站起来，拉开锁扣，打开门。

危险已过。我的杂货整齐地堆成一堆放在门旁。最上面放着一张浅绿色的塑料卡片。朱莉的驾照。照片上的她有些不一样：红色长发蓬松地披在肩头，衬托出她美丽的脸型。现在她头发的颜色，还有短发，都是新的。她还把眉毛和睫毛都涂成了黑色。照片下面明明白白地印着她的名字。朱莉·彭福尔德，我念了出来。彭福尔德。再下面还有一个墨尔本的地址。

证据。

我一边把杂货放好，一边试着理出一个头绪。现在她的故事更有道理了。也许我记恨她将我独自撇下，所以拒绝和她重聚。驾照证明我们有共同的姓氏，还证明她过去住在墨尔本。还不只这些。她在最后几句话里大胆挑衅，仿佛她还有其他手段，只是还没使出来。听起来几乎等于威胁。

这让我有些发愁。万一她真的是我妻子——同时也是一个巨大的危险呢？她可以对我行使法律上的权利，尤其在遗忘刚发生时。万一到那天她带个律师找上门来怎么办？如果我报警，警察会相信谁？一个歇斯底里的、没有记忆的男人？还是一个尽全力帮助自己昏头昏脑的丈夫的妻子？

我颤抖起来，衬衫下面，我的皮肤起了一层鸡皮疙瘩。即使她说的一切都是真的——如果她说的一切都是真话——她对我来说依旧是一个陌生人。迄今为止，我看到的她的这一面都是她诡计的一部分。我只知道她可能在说谎，除此之外我对她一无所知。然而，她对我有巨大的影响力。

我不能再缩在门背后了，我必须行动起来，我要解决这个问题。

"我们是怎么分开的？"

"罗比，你好。"即使在电话里我也能听出来，她说话时带着微笑，"我真高兴你来电话了。"

"你说我们是在我发病的时候分开的。"

"我们能不能见面谈？"

"不。现在不行。我现在就要知道。"我不能给她时间编故事。

她叹了一口气:"好吧。是这样的,那时候我们还没弄清楚周期,所以不知道你什么时候发病。要是早知道的话,我一刻都不会离开你。"

我点点头。至少这一点是有可能的。我们分开的时候应该是我的第三次遗忘,那个时候发病周期才变得有规律可循。"可事后你为什么没有立即来找我?这不合理。"

"我联系不上你,我在乡下。"

"为什么?"

"我去乡下给人帮忙。太讽刺了,我自己的生活才是一个定时炸弹。"

"你去帮谁?"

"雅辛塔。就是雅齐。"一声叹息,"我在匿名戒酒会上表现很好,一年多没沾酒,我就成了互助人,不可思议吧。你觉得我看起来太年轻,不像酒鬼,可是雅齐连20岁都不到。我和她一起去旅行,帮她调整生活心态。遗忘发生后,戒酒会的人过了很长时间才和我联系。最后,我一回来才发现,在医院系统里寻找你的下落就等于落入了官僚主义的地狱。"我能听出她耸了耸肩,"等我找到你在哪里,你已经在没有我的情况下开始独立生活。这对你来说十分艰难。我想,是一开始那几小时的迷茫和孤独带来了巨大的恐惧感,影响了你。也许你会因为我们分开而责怪我。我无法辩解,我也怪我自己。"

"你是我的妻子,难道你没有什么合法的权利把我带回去吗?"

"我的确去见了一名律师。问题在于你的医生。我们坦白了我酗酒的问题,她因此认为我不可靠。没有瓦尔玛医生的支持,我什么都做不了。"她的语气变得急促起来,"但是,罗比,你要知道,我们当时不知道发病的时间。如果我们知道的话,我一刻也不会离开你。我不会为了雅齐离开你,不会为了任何事情离开你。现在我学到了很多,我能弥补当初我们犯的错。"

"好吧。"

"'好吧'的意思是你要回到我身边了吗?"她的声音饱含热切的希望,让我几乎难以忍受。

"'好吧'的意思是我相信你,你是我妻子。"

她愣住了。"那现在怎么办?我能过来吗?"

"这里不行。"我不能再像昨天一样,被堵在自己家里。

"那么,我今晚请你出去吃晚饭。怎么样?我知道一个地方。"

"不,今天不行,今晚不行。"我不能让她在战略上占上风。"明天。"

"那就早上。一大早,吃早餐。"

我迟疑了。早上似乎不合适。太亲密,太……居家感。在我看来,能一起吃早餐的只有……夫妻。

"我们时间有限,罗比。"她说,"我觉得你不会希望到周日还没把这个问题解决掉。"

"好吧,但不能在这里。你说过你住在附近。你把你的公寓指给我看过。"

"是的。"

"那是真的吗？还是你的表演？"

她叹了一口气："是真的。"

"我到你那里去。"

她告诉了我街道名，讲清楚了方位。

"早上8点。"她说，"早餐时见。"

我咬着嘴唇。我会不会就此落入一个更深的陷阱？

"你到底想不想把这件事弄清楚？"她仿佛从我的沉默中听出了我的疑虑。难道这不是很自然的吗？她是我妻子，她当然比任何人都懂得我的行为习惯，比我还懂。

"非常想。"

"那么明天见。"

"明天见。"我挂上了电话。现在只是午后，我却已筋疲力尽。但我不能因此而慢下来。我尽量周全地为明天的出行做准备，把我能用得上的东西都装进背包。我还是想不明白。我停下来，站在原地，看着手里的木制小象，思绪却飘得很远。

我结过婚。

不，不够准确。她说的是现在。我已婚，我娶了朱莉。我和她从认识、了解、触摸、亲吻、追求、爱抚、迷恋、相爱、争吵、求婚、欢笑、结婚、叫喊、拥抱、道歉、同甘共苦到……分离。按这样的顺序，或者差不多。这些都是我和她共同的经历。我忘记了她，再次遇见她，又拒绝了她，然后再次忘记。

她是我的历史。

我感到有些得意,因为我赢得过朱莉这样美丽又坚强的女性的芳心,但我也觉得我就像在读一个陌生人如何抱得美人归的故事。我和那个娶了她的人没有思想上的联系。

太糟糕了。我把最后几件纪念品塞进背包,扣好。这一天里还剩下很多时间,足够我摆几小时多米诺骨牌。

工作进度不快。今天我主要摆地上的多米诺骨牌,整个下午,我新摆放好了5000块多米诺骨牌。我又把床拆开,拿出两个大箱子。我不得不重新摆了一下之前几块木板上的多米诺骨牌,让新木板和桥梁的倒塌时间一致。

那是朱莉生日的下午,我和她搭建的第一块木板。当然了,生日是个谎言,那天不是她的生日。这个说法显然是她骗局的一部分。她刚来这里,那天是她的生日。难怪我会陷进去,她全都计划好了……

我停下工作,放下多米诺骨牌。第一次改变我们关系的,不是生日,而是更早之前的事。那场火灾,还有她对火灾的反应。

我感觉自己挺直了脊背。她对火灾的反应也是骗局。

朱莉一开始并不怕火。火灾警铃响起时,是她发现的火灾,还催着我收拾东西。我仿佛在脑海中把那个片段反复观看了好几次。我刚称赞她出了一个放隔挡的好主意,她笑着说了什么,但她的话被警铃声盖过了,但也不是一点儿听不见。我现在还有一些印象。

"遇上难题的时候,我这人也很有战——"

我还记得当时她眼里闪烁着智慧的火花，嘴唇做出了那几个字的口型。

战略头脑。

我胃里一紧，嘴里感觉黏糊糊的。她假装害怕，好拉近我们的距离。谁会干这种事情？谁会愿意做这种事情？

而我却答应明天和她见面。我把自己带进了怎样的陷阱？

第4天

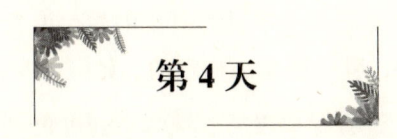

最后,我睡得很香。真没想到。今天要和朱莉面谈,我本来担心昨晚会是一个不眠之夜。可当闹钟响起时,我感觉神清气爽,精神抖擞。

早上的日程如行云流水般完成了:锻炼、冲澡、刮胡子。当然了,没有早餐。我背上背包出发时,肚子已经饿得隐隐作痛。

一走到外面,我便被熟悉的热气包裹住。阳光灿烂,我只能眯着眼睛。周三早晨的这个时候,马路和人行道上都是一片繁忙的景象。我随着人群穿过十字路口,走进小巷。不到10分钟就来到了朱莉住的那栋红砖楼。上电梯,再走过一条长长的走廊,我就站在了她三楼的公寓门外。这种感觉真奇怪。我通常都是站在门的另一边,有门和门锁保护着我的空间。

我看了看表,上面显示还有几分钟到8点。我深深吸了一口气,敲了门。

门很快就打开了。朱莉笑着迎接我，我们互相问候。她穿着一条深蓝色棉布裙，下身穿着打底裤，光着脚。她看起来轻松从容。也许这是我第一次见到真正的她，或者，这是另一张面具。

无论如何，她看起来很美。她的小公寓也一样，充满了生机和活力，墙上有海报、印花挂毯，沙发前是一块看起来很温暖的地毯。

"我马上就做早餐。"朱莉带我往沙发走，"你要咖啡吗？"

"我不喝咖啡。"

"好的。"我却觉得她说的是"错了"，"那么，果汁？"

我点点头，在软得过分的沙发垫上坐下，很不舒服地陷了进去。

咖啡桌上点了一根线香，散发出一股甜甜的、很有异国情调的味道。一旁是一个相框，正面朝下。这两件摆设旁边是一个小木盒子，朱莉的手机竖着放在里面。手机里在放着音乐，木盒子仿佛起到了扩音器的作用。这首歌一点儿也不像朱莉在我公寓里放的那种开车提神用的摇滚，而是很有旋律感的纯音乐，很放松。不知道这是不是朱莉期待的效果，如果是的话，需要放松的是谁？

朱莉拿着给我的橙汁过来了，还有她的一杯。有那么一瞬间，我慌了，我以为她会坐在我身边，但她坐在了咖啡桌旁的扶手椅上，很自然地盘起了双腿。

"那么，"朱莉开口道，"丈夫。"她笑了。她那盘坐的样子看起来甚至有几分顽皮。

"妻子。"

"我想再次为周二突然把真相强加给你道歉。我的本意不是那样。"

"我很抱歉我对你大声嚷嚷。我反应过度了。"

"我也不知道在那种情况下,什么才能算是反应过度。"她往前倾了一些,"你一定有很多问题。"

是的,大概有10万个。"你在刚开始的几天里说的话,有多少是你编出来的?"

"我们先假设我当时对你说的话都是为了骗你上钩,如果有真话,就算是给我的加分吧。"

好吧,看来至少她承认了自己的不诚实。这是很难得的。"你刚搬到这里,是真还是假?"

"假的。我在这里住了几个月了。我花了很长时间才进入你的生活。"

"上周六不是你的生日。"

"真的。我的生日是4月8日。你大概应该记下来。上次你完全不记得我的生日,希望下次能过一个令我难忘的生日。"

她在开玩笑,在逗我。一些奇怪的本能让我跟着她一起笑。

"你故意在第一次给我送货时送错东西,你就有机会再来一次。"

"真的。真厉害。我应该尊你为战略家。"

"我们结婚了?"

"那当然！"朱莉气冲冲地说，"百分之百是真的。"

"我们还是夫妻吗？我是说现在？"

"当然。"她往右边瞥了一眼，"真的。"

"你好像不太确定。"

"我确定。"她在一瞬间又恢复了平静，再次直视着我，"我们结婚了。现在也是夫妻。这是法律上的事实。你可以不相信我的话，这都有政府的备案。"

"你费了那么大劲儿回到我的生活里，但你一开始好像并不喜欢我，甚至没怎么注意我。"

"这个嘛，我不能表现得太明显，不然你会产生怀疑，我就又得重来了。"

"怀疑什么？"

"我能肯定你没有我的照片，所以你不会记得我的长相。但你还是记得你在某个地方有一个妻子，所以你会怀疑我。"

"但我并不知道。"我摇摇头，"我给自己写了一封信。我在里面没有提到你。"

"你给自己写了一封信，却没想到应该提一句你有妻子？行吧。所以我白把头发剪了，还染了颜色。"

"我看到你改变了造型。"我从口袋里掏出她的驾照，放在咖啡桌上，"你看起来很美。我的意思是，长头发，没染发的样子。"我意识到这样的赞美可能会被理解为相反的意思，"不是说你现在的样子不好。"

朱莉冷冷地看了我一会儿。"我有几千张照片，那是当然的。"

她用下巴指了指咖啡桌上那个面朝下的相框。"但我不知道你想看到什么。我不想把你——"她叹了一口气,"吓坏了。"

我很想把相框翻过来,但我没动手,而是说:"为什么你给我的名片上是不一样的名字?"

"拜托,"朱莉在椅子上摇晃起来,"这事最简单了。印名片的时候没人会看你的身份证。但我还是花了些钱去印这100张名片,这是最少的起印量。除非我们在接下来的50年里继续这么玩下去,不然这钱就打水漂了。"她说着,咧开嘴狡黠地一笑。

她又拿我特殊的处境开玩笑了,或者说我们的处境。这就是真正的朱莉吗?也许现在她做回了自己。如果是这样,她还挺幽默的。

"所以你换了名字,假装对我不感兴趣,是因为我可能告诉过我自己要提防我妻子的出现吗?"

朱莉点点头,从椅子上站起来,把驾照拿了回去。"我想,无论如何我都得改名。即使你没在防备失散的妻子,看到我和你同姓,你也会察觉到异样。"

我慢慢地点点头。我很高兴朱莉会认为我有那么高明,实际上我怀疑我根本不会多想。

"我去做早餐吧!"朱莉去了厨房。

屋里很快就充满了温暖的饭菜的香味。我往四周看了看。墙上挂着印了星星和旋涡图案的海报,让我觉得似曾相识。也许这些是名画。或者,这些图案可能来自我们在墨尔本的家,所以我才会觉得眼熟。

我越往四周看,就越觉得四处都有东西在呼唤我的回忆。熏香、角落里的瑜伽垫,甚至有厨房台子上的抛光木碗。

朱莉在做煎蛋卷,她已经把原料拌好了。菜出锅时,我把桌子摆好了。

"闻着真香。"她在我面前放下一个盘子时,我说道,"里面放了什么?"

"我应该把菜谱给你。"她笑着用叉子往嘴里送了一块蛋卷,"还给你。"

"我会做饭?"面前的这顿早餐,即使出现在河边那些新潮的咖啡馆里也不奇怪。这比我每天早上吃的单调无味的烤吐司美味多了。"我以前会做这些?"

"每天早上。"朱莉点点头,"你不在的时候,我很想念那些吃鸡蛋卷的早晨。后来我才发现我从你那里学到了一些实用的生活技能,就自己做了。"她把目光从我身上移开,低头看着她的早餐,"你能过来真好。"

我拿起果汁。"为我过来干杯。"我把杯子举起来。

"干杯。"她用她的杯子和我的碰了一下,眼里燃起了希望的火花。

这顿早餐吃得比我平时的晚了很多,但蛋卷非常好吃。融化了的热奶酪和蘑菇。也许味蕾也有自己的记忆,也许这一直都是我最爱的早餐。朱莉知道我喜欢什么,因为过去的我知道我喜欢什么。

"你是什么时候决定收拾好家当来找我的?"我问。

"决定?"

"你第一次在这里遇见我以后,你回家了。"

朱莉点点头。"我一弄清你的下落就跑来了,赶上第一班飞机,连牙刷都没带。我曾经幻想着我可以突然出现,拯救你,我们转身就能一起回家。"她叹了一口气,用叉子戳着蛋卷。

"但你回家后又发生了什么,让你决定放弃一切,搬到这里来?"

"什么也没发生。我没做任何决定。我永远不可能丢下你不管。"

"哦。"

我们相安无事地吃完了早餐,朱莉把盘子收走了。

"我在想,你要不要出去散个步?"她一边把碟子堆放到水槽里,一边问道,"今天天气很好。"

"之前的咖啡,我能来一杯吗?"

"当然,完全可以。"她折回厨房餐台,给水壶点火。

"如果你想在下次遗忘到来之前让我们相认,时间非常紧张,只有不到两周了。"

"我知道,够紧张吧。12天,根本不够我端着架子等你来追。"

她背对着我,往两个马克杯里舀咖啡粉。我站起来,走到桌子的另一头,小心地观察着她。"失火那天,你假装自己害怕。"

"什么?"朱莉回应道。

"你的慌张拉近了我们的关系。要不是那天你对烟雾的反应那么大,我们之间的关系就不会改变。这些都是你编的,包括你在床上抽烟的故事,是你在演戏。"

"演戏?"她嗤笑了一声,"拜托。"

我顿了顿,心中闪现一丝希望。也许之前是我想错了。也许火灾从头到尾都纯属巧合,她只是利用了这个机会,并没有给我下套。

她耸耸肩。"毕竟,那就是重点。"

"重点?"

她坦然地望着我。

她这话让人摸不着头脑,那口气就好像……

"是你放的火。"我低声说,声音小得几乎听不见,"为了拉近我们的关系。"

"其实也不是火,不过,是的。"朱莉又耸耸肩,转过身去继续煮咖啡。"我坦白交代,我还做过一次实验,就在这个池子里。"她一边往冰箱走,一边用下巴指了指洗碗池,"我必须保证放出来的烟够大。"

我双腿发抖。我退到桌边,让桌子稳稳撑着大腿。"你可能会把整栋楼烧掉,把别人害死。"

"不,不会。"朱莉急忙转了过来,"我用的是烟雾弹。没有真的火焰。我在网上找的制作方法。"她安抚似的挥挥手,"没有火焰,不会燃烧,只有烟雾。完全无害。"

"不,烟雾也是危险的。"我记忆中的小学知识里就有:

烟雾比火更要命，顺着墙走找到门，低头弯腰快快跑。

朱莉把牛奶放在餐台上，几步走过来站在我面前，直视着我的眼睛。

"普通的烟雾是危险的。我那种烟雾连苍蝇都熏不死。那种烟甚至没有热度，我都能拿在手里。"

"不，不对，毕竟……"我找不出词儿来。"毕竟……"

"毕竟什么？你担心你那层楼的什么人会被烟雾吓坏了吗？"我刚想点头，就被她打断了，"当时，那层楼里的人都不在家。最后一个出门的是14B的一位女士，她10点左右才走，每周四都如此。那里只剩下我们两个人。"

她是每天都在监视我的公寓吗？"你是说——"

"还是你担心触发了自动喷水灭火器？警铃白白响了半天？浪费水？"这次我没敢开口。"可喷水器是连接在热探测器上的，不是烟雾探测器。而当时没有热量，因为根本没起火。"她愤愤不平地瞪着我，"怎么样？我还说漏了什么？"

"你怎么这些全都知道？"我难以置信地摇摇头，"警铃、喷水器和做烟幕弹？"

"这些都是公开信息，网上都有。只要有时间，谁都可以查得到。除了时间，我还有什么呢？"她双手叉腰，"我制定了战术，达到了目的。"

"太疯狂了。"我的声音有些嘶哑，"做烟雾弹、监视我的公寓、渗入我的生活，什么样的人会干这些事情？"

"你的妻子！我爱你！我会为我爱的人做这些事。这是我们的约定。"

"爱不是耍诈得来的。"我把嗓门儿提到和她一样的高度。"我们又不是在打仗。"

水壶在尖叫,她却不管不顾地冲了过来。"这就是我的战争,对我来说生死攸关。"我个头很大,不知怎的,我觉得她此刻高高在上。"醒醒吧!生活里如此重要的事情容不得你浪漫柔情。对待这些事情,你要灵活处理。"

"灵活处理是一回事,"我反对道,"撒谎就是另一回事了,还有……还有违法。你干的这些事,都不正常。你跟踪我。"

"你是我丈夫。你让我爱上了你。你也是爱我的。"

"你不觉得你的行为有些极端吗?"

朱莉愤怒地抿着嘴唇,直到嘴唇发白。

她抬起那只空着的手,仿佛要我稳一稳情绪,但我觉得她更想让自己,而不是让我冷静下来。"好吧。"她脚步沉重,摇摇晃晃地往后退了几步,然后转身回了厨房,"那么,告诉我。你会怎么办?如果你爱某个人,对她许下承诺,而她遭遇意外,陷入困境,为了救她,你会有什么不愿意做的吗?"

"问题不在这里。"

"问题就在这里。你说我的行为不正常。很好。"她转过来对着我,"你设身处地地想想。在进行到哪一步的时候,你认为是太过分、太困难、太疯狂?"

"我不会撒谎,我不会监视、放火,或者放烟雾弹这些。"

"那么,你就扔下我不管吗?让我担惊受怕?这样对一个你发过誓，不管疾病或健康，都要支持、爱护的人？"

"我没那么说。"我把手叠在胸前，"我会用其他办法。"

"我试过其他的办法了！我用遍了各种办法！"她气得抬起双手，"我还试过请律师，结果没用，我就接着试了'其他办法'。比如在你的楼层租一间房子，或者，至少在同一栋楼里。没用。于是我又继续用其他办法，一个接一个。然后就到了现在。我尝试得够多了吧？"她双手一摊，"我还能做什么？告诉我！"

我局促不安地说："我不知道。"

"你不知道？"她把手叉在腰上，直视着我的眼睛，"一个人明知自己会放弃的时候，却说'我不知道'。因为他觉得太困难、太疯狂、太孤独。"

"我只不过不会去做太夸张的事情。"

"太夸张？"她气得脸色通红，"这是我们给对方的承诺。这个病毁了我的生活，抢走了我最好的朋友，让你在这个世界上独自漂泊。只要能把你找回来，我愿意撒一千次谎，放一千把火，违反一千条他妈的法律。"

朱莉猛地用手捂住嘴，向后退了一步。"该死！我向自己保证过今天不会发火的，也不骂脏话。"

她举起一只手，看起来像是道歉的样子。"靠。"她又加了一句，这么一来十分讽刺。她走过去把水壶的火关了。刺耳的哨声又持续了一会儿才静下来。"我知道我经常说脏话，你以前就说过我。"

"我以前不会说脏话吗？"我保持音调柔和，缓解屋里剑拔弩张的气氛。

"不,不怎么讲。你总是说,好词语不应该因为被滥用而降低效果。"

我点点头。听起来很合理。"那么,你是怎么回答的?"

朱莉耸耸肩。"去他妈的。"

我不禁大笑起来,我也不知道为什么。只不过我很容易就能想象出在某个世界里,一个很像朱莉的人会对一个很像我的人说出这句话,然后这两个人都大笑起来。

但朱莉看起来很难过。"我很抱歉,宝贝。但你一定得看看。"她走到咖啡桌前,拿起那个相框。然后她站在我面前,把相框拿在手里,相框依旧背对着我。

我把相框从她那儿拿过来,翻了过来。这是一张黑白结婚照片。又是一个我们在一起的证明。朱莉靠在我怀里,我用双臂搂着她。以我的理解,她穿的不是传统的婚纱,只是一条优雅的长裙。即便如此,照片还是透着一种仪式感。

她看起来很美。

我看起来很高兴。

我的手开始颤抖,但我没理会,我也没理会周围的任何事物,只是死死地盯着照片,它上面的每一毫米都有线索,有的线索一样,有的线索不一样。我那醒目、时髦的发型。我的手臂搂着朱莉,外套的袖管勾勒出里面结实的手臂肌肉的形状。西装很合身,显得我一副逍遥的派头。最重要的,压过了其他所有细节的,是朱莉和我那分不开的亲密感。她和我,我们。

我看着她。她大大的眼睛搜寻般地看着我的脸。这时，她既不狡黠也不犀利。她看起来很柔弱。"告诉我，"她说，她的声音略比喘气声大，"告诉我这不值得我们去战斗？"

"不，我不能。"这种照片让我有身临其境的感觉，仿佛它是通往另一个世界的窗口。那个世界对我来说已被遗忘，对朱莉来说，已经失去。

"为了保护这份感情，挽救这份感情，你会有什么不愿去做的吗？"

"如果那就是我，我什么都愿意去做。"

她颤抖着吐出一口气，然后笑着捏了捏我的手臂。"谢谢你这么说。孤身奋战的时候容易变得疯狂，你知道吗？因为你身边没人把你拉回到现实中。"

"对。你为之战斗，灵活处理，是对的。"我想起警铃响起时她说过的话，"还有利用战略头脑。"

"但事关感情，'战略'听起来冷冰冰的。"

"你更喜欢用哪个词？"

"美人计。"

看到她得意的笑容，我也笑了。我渐渐喜欢上了她的幽默感。或者，我是在重温这种感觉。

她的手在我的手臂上停了一会儿。"咖啡。"她转身回到厨房餐台边，忙活起来。

我坐下，把照片放到桌上。不是面朝下，而是立起来，就和正常的照片一样。

朱莉调着咖啡,杯子和餐具叮叮当当地碰在一起。她走到我坐的这一头,把我的咖啡放下。我愣愣地看着咖啡。这个过程中还少了一个步骤。"你怎么不问问我,我喝什么样的咖啡?"

她不满地挑起了眉毛。

"哦,好吧。"我呷了一口。很显然,我喜欢喝加奶的咖啡,不要糖。谁能想得到呢?

朱莉靠在餐台上,安安静静地看着她的咖啡。

"那么,我以前是做什么的?"我问。"我的工作是什么?"

她噘起了嘴。"我们必须谈谈未来。只剩下4天了,然后又要回到游戏起点。"

我点点头,很想知道她有些什么想法。

"4天的时间足够了。我可以订机票,我们回家,一起回到我们真正的家里,在富茨克雷。"

"不。"

"如果那样做的话,你就能在家里醒过来,更快适应你的生活方式,和你每天要做的那些事。"

我摇摇头。

"你看,我知道刚开始的一周有多难,你要做很多你不熟悉的事情,你会很害怕。"

"不。"我从椅子里站起来,双手交叉抱在胸前。

"行,没问题。"她说,"也许我们可以把这里布置成我们俩的家。如果你能在这里醒过来,和我在一起,事情就容易多了。我们可以安排把你的东西搬过来。"

"朱莉……"我停了下来,不知道应该怎么向她解释。

"怎么了?为什么你不想搬过来?是因为你的多米诺骨牌吗?你想先把多米诺骨牌弄好。我们可以抽时间去做。"

"不仅仅是这个原因。"

"那是为什么?"她把咖啡放在餐台上,叉起了腰,"我们应该为彼此而战斗,跨越一切障碍,你是同意的。"

"不。"我摇摇头,"我说我能理解为什么你要为此战斗,以及如果照片里的人是我,我为什么应该去战斗。但我没认出照片里的人。我不认识他。我也不是真的认识你。"

"照片里的是我们俩。"

"其实不是,根本不是我们。"

"你认识我的程度足够让你吻我了。"

"我吻你的时候,我相信的一切都是谎言。我不怪你。我希望我也能像你一样。但谎言终究是谎言。"

"可我现在说的是实话。"

我向桌子上靠过去。"你想把你曾经拥有的东西拿回去。而我想要坚持我现在拥有的。我觉得它们完全就是两回事。"

"我不明白。你要怎么样,告诉我,解释给我听。"

"我要的东西和所有人的都一样。我要生存下去。我要掌控我的生活,让我的选择和计划持续到未来。"

"这些我都能给你,我可以!我们一起来完成,这些我们都经历过。"

我们也一起失败过,这是她自己说的。但提起这件事来并没有好处。"即使这些你都能给我,你会给吗?"我一把抓起相框,"万一你找回来的是这个人呢?万一你找回了那个当初自己嫁的人,把那个人的希望和梦想都原原本本地找回来了呢?那么,现在的我度过的时间和计划都将不复存在。现在的我会过上那个幸运的陌生人留下的生活,进入一片生活的深海,却不是自己选的。"

"你会幸福,你会被爱。"

"但那个人就不是我了,那个人不受我控制。"

"你还会是你,宝贝。我们也还是我们呀,很简单。"

"如果你是这样认为的,那么——"我悲伤地摇摇头,"在遗忘来临时,最不应该和我在一起的就是你。"

"别这么说。"她发火了,"你看,我可以对你有更多了解,哪些事是最重要的,你可以告诉我。"

"我怎么能把重要的事情告诉你?你用撒谎、制造烟雾弹来夺回你的生活。我怎么知道你现在不是在撒谎,顺着我的意思说话;等到遗忘发生,你可以随心所欲的时候,就开始改造我。"

"我不会那样做的。"

"真的吗?"我把还拿在手里的照片举起来。"难道这不值得你去战斗吗?为了把过去找回来,你会有什么不愿意做的吗?"

她摇着头,从我身边往后退。"这不公平。"

"那你说。看着这张照片,告诉我你不会为了找回这样的生活而撒谎。"

"你明知道我会的。我什么都会做。"她的声音因为痛苦而颤抖。"我为什么不能呢？为什么只有你做的选择才是重要的？那我的呢？"她指着照片，"那他的呢？还有我们的选择呢？还有我们彼此许诺过的一切呢？"

"那么，这对我来说意味着什么？我不重要吗？我只是你要修正的一个错误吗？"

"所有这一切都是我要修正的错误。"她挥舞着双手，"你、我，所有。"

"我不是你成功道路上用来升级的关卡！"我喊道，"我在试着过自己的生活，自己做出选择，自己生存下去。我不会和一个不关心我的选择的人在一起。那一刻来临时，我就会忘记一切，我就没了。我的思想基本上就是橡皮泥。我决不能把自己交给一个认为我有偏差的人，一个想纠正我、让我恢复原样的人。"我的背包放在沙发旁边。我过去拿起了包。"我要走了。对那种把自己想要的东西从别人手里抢过来，不顾别人的反对把别人困住、关起来的人，是有一个专门的词的。"

"但你做出了选择。"她挡住了我的路，"你选择了我。你也让我选择了你。"

"这是我的生活。我有权利保护它。"

"这是我们的生活。我有权利保护。我当年宣誓，不管顺境还是逆境，我都要陪在你身边。现在就是逆境，而我就在你身边，正如我的承诺，也正如你的选择。"

"那是另一个时空，另一个世界。我不愿再背负过去的事。"

"你也陪我吃过苦。你帮我戒了酒,你支持我度过每一天、迈出每一步。我千方百计找酒的时候,是你拦住了我,直到我挺过去。我不能抛下那一切,我们的过去是我的——"

"我解除你的誓言,你什么都不欠我了。"

"你不能,婚姻不是上嘴唇跟下嘴唇一碰的事儿。"

"婚姻是会结束的,这是常见的事,人们是会离婚的。"

她仿佛被刺痛似的往后一缩。她高兴的时候能出口成"脏",却无法面对"离婚"这个词。"任何事情都有可能发生,曾经在一起的两个人也可能渐行渐远。但我们的情况不一样。"

真有意思,其实我们的情况就是这样。任何事情都有可能发生,两个人渐行渐远。

朱莉皱起了眉头,仿佛读懂了我的心思。"我们的情况完全不一样。离婚的人了解到双方不能继续在一起,然后才做出决定。而我们——"她打了个手势,把我们俩圈了起来,"不是那样。你不知道我们在一起的时候有多幸福。我们不可能做出分开的决定,我们只是遇上一场灾难,正常的生活被打乱了。"

"我要做决定。我现在已经决定了。"我从她身边走过,向门口走去。

我的手刚放在门把儿上时,她说话了。她的声音突然变得很平静。"如果你从这扇门走出去,你认为我会怎么办?"

我停住手,慢慢地转过去看着她。

"我不需要你的同意。我从来都不需要。"她的眼神变得很阴暗,"你以为往垃圾桶里扔烟雾弹就算是极端行为了吗?

如果你把我逼得别无选择,到了周日,我就用撬棍撬开你家的门,把属于我的、属于我们的东西拿走。我要我的罗比。你无论如何都阻止不了我。"

"我也能走极端。"我厉声说道,"我可以走出这扇门就永远都不再回来。我可以坐上火车、汽车,去到随便什么地方,到那些偏远的内陆地区。这么大的国家,你可能再也见不到我了,我可以永远摆脱你。

"我能找得到你,就像这次一样。"她走过来,双手在体侧握成拳头,握得那么紧,指关节都泛白了,"你不会想把我们的关系变成追杀游戏,罗比。我了解你。我也比你聪明,比你更坚强。我永远不会放弃你。"

也许这是事实。但我拥有一种她没有的能力。我能毁灭。"这些都不重要了,因为到时候对我们两个人来说就太晚了。"我把双手抱在胸前,"如果我失忆时在街上游荡,再一次进了医院,我就会被强制收容,关进护理机构。"

正在对我走来的朱莉猛地停住了。"什么?"

"这是医生说的,到时候必须采取这样的措施。我再次被送进医院,政府就会认定我独自生活是不安全的。瓦尔玛医生说我会被关起来,她也阻止不了。"

"什么,被关进医院吗?永远住在病房里?"她后退了几步,"就像住进收容所一样?"

"她说这是政府的'照看义务'。"

"'照看义务'?你在那种地方活不下去。妈的,罗比。

你会死掉的。一个人的时候,你连门都不应该出。今早我应该去你那里。我一直忙着思考我们的生活遭遇了那么大的变故,我没——"

"我们的生活?"她说得好像这件事对她的影响和对我的是等同的,就好像是她将面对 4 天后的毁灭。

"是的,我们的生活。你往四周看看,你看我的生活变成了什么样子。"她把手一挥,眼里泛起了闪闪的泪花,"我远离家乡来到这里,消耗着我生命中的每一刻和我赚到的每一分钱,我做计划、思考、编造谎言,为了赢回一个不认识我的人。你会每晚都哭着入睡吗?你会站在你在世界上唯一的朋友面前,假装他是陌生人,但你全身心都只想要……"她说不下去了,用双手抱住肩膀。这一刻,她看起来不再咄咄逼人,也不再是老谋深算的样子。她看起来迷失又孤独。"我不是因为你决定我们之间必须结束而难过,而是你忘记了我们爱过。"

她的眼泪如决堤的洪水,顺着她的脸流下来。我一时间想把她搂进怀里,安慰她,但我遏制住了这股冲动,牢牢地抱着手不动。"你明白如果我被关进病房,无异于将我杀死吧?"

"当然。"

"为什么?因为如果我失去对自己的生命和世界的掌控,也许,遗忘就会把我的自我,把构成现在的我的一切特质抹得一干二净?

"没错。"她恨恨地擦了擦眼泪,仿佛很气恼。

"可你不也要对我做同样的事情吗?"

"不！我要做的是解救你。让你变回过去的你。"

"我不想变回去——我就是现在的我！这就是为什么我必须一个人待着，待在自己家里。只有这样我才是我自己，而不是别人创造出来的我。你比我聪明，"我愤愤地用了她的说法，"比我坚强，比我厉害！最后在你面前，我还能剩下什么？"

"我没说'比你厉害'。"她皱起眉头，"我不比你厉害。"

一滴眼泪冲出我的眼角。我讨厌在她面前表现得很软弱，但在压力下，我紧张得好像脸都快裂成两半了。

"哎，你别也哭起来呀。"

"你居然在乎？这是你逼的，是你把我抓住不放。"

"别这么说。我愿意为你做任何事情。"她伸过手来。

"别碰我！"我身子一缩。

她一边后退，一边抬起手来捂着嘴。"天哪，罗比！我愿意为你翻越高山，跨过沙漠，但这、这种愤怒和恐惧，即使是为了你，我也受不了。不管顺境还是逆境，我什么都愿意承受，但我不能成为一个你害怕的人。"

我缓缓地吐了一口气。"这不是你的错。只不过事情还是发展成了这样。"

她一时无语。再次开口时，她的声音变得很轻。"我没把全部真相告诉你。有一件事我一直瞒着你。我觉得，过去的你没在信里把关于我的事告诉你，是因为你以为你已经摆脱了我。"

"你这是什么意思？"

"你给我发了离婚文件。"她走到墙边的一个箱子前，就是我问她我们是否还是夫妻的时候她望了一眼的那个地方。她蹲下去，在里面翻找了一会儿，最后抽出来一个黄色的大信封。这个信封看起来和我放信的那个信封一样。

朱莉在桌边坐下，打开信封时，我看到里面装的东西和我的那一封完全不一样。里面是一打钉在一起的表单，侧面在不同的位置贴了好多红色的长方形索引贴。

"这是你——上一个你——在八九个月前寄给我的，就在我第一次闯入你的生活之后。"她撇了撇嘴，"我本来想烧掉的。让我放弃你，这种事我无法想象。"

我站在她身边，隔着她的肩膀望向那些没有折痕，看起来很正式的文件。"为什么……？"

"我想留着给你看，这是你可以信任的东西。"她伸手到桌上拿了一支笔，然后翻开第一张红色小贴纸所在的页面。贴纸指向一个小小的空格：签名框。正下方就是我的名字，是我的亲笔签名。"你是对的。你应该能为自己的事做主。"她拿起笔，"所以，只要你让我签，我就签。然后你把文件寄出去，我们就不再是夫妻了。"

她抬起头看着我。"求你别让我这么做。"

"但只要我说，你就照做？"

"我不愿意变成一个你怕的人。如果你看着我的时候，看到的是恐惧，那么……是的，我会照做。"她的嘴唇在颤抖。她已经泪流满面。

光是看着她就很让我心痛，但我还是做出了真诚的回答。

"我的确看到了恐惧。"

她发出一阵微弱、悲痛的声音，然后转向那份文件。她的笔悬在纸面上。"你爱过我。你非常爱我。"

我轻轻地拉住了她的手。"但我还看到了其他东西。"

"然后呢？"她的手在我的手下颤抖，就像一只被逮住的蝴蝶，"你必须告诉我。我需要这些东西支撑着我活下去。"

我看到了她的美好和迷茫。我看到我能挽救她、帮助她，但我不能把我的想法说出来。"我做的一切——写日志、搭多米诺骨牌、运动，都是为了永远保持自我，不管4天后会发生什么。你说过，这些你也能给我，你也曾帮助我度过遗忘，我相信你。所以你才是我最害怕的，也是我最需要的。我也不知道到底是哪一个。"

"以后我们怎么办？"

一个想法在我脑海中闪现。"万一我能做出选择呢？万一我能体验过去，知道过去是好是坏呢？我们可以——坦白交代，就像你说的那样，然后我再做决定？"

"但你怎么体验过去？"她摇摇头，"你又不能靠照片和往事得到当时的体验。"

我咬着嘴唇。"让我想想。让我想一会儿。"我在此时做出的任何决定都是一种冒险。我环顾四周，看着墙上挂着的，还有台子上堆着的生活痕迹和故事。只要5分钟就能把这些全装进一个包里。"我可以给我们一天的时间，"我说，"从早晨到夜晚。就和我们在一起的时候一样。"

"这是不够的，这都——"

"我只有这些时间。遗忘还有 4 天就到来了。我需要时间准备。你知道，如果我不做出决定，到那天我就更不能和你在一起了。如果遗忘时你在旁边，我就永远无法做出决定了。"

"可是——"

"你说过你愿意做任何事情。这难道比你干的那些事还疯狂吗？"

她背过身去。一开始我以为她不想让我看到她的脸，但她走进了另一个房间——她的卧室。

很快她就回来了，手上抓着一件衣服，深灰色，材质柔软。这是一件夹克衫，已经穿得很旧，对朱莉来说太大。

看来，这是我的。

她站在我面前，把那件夹克衫抓在手里扭来扭去，揉得都不像衣服了，更像一块包袱皮。"我有一个条件。既然只有一天，你必须投入。你要对我们的过去敞开心扉，放下防备心，不能把我看作一个可怕的人。如果你不去尝试，也就等于欺骗你自己。你有权选择对你来说最好的生活。"

我点点头。

"这样吧，两个条件。"她更正道，"我今晚要和你出去，我请你吃晚饭，吃什么我来定。你能决定我们白天做些什么，但晚上我说了算。这些就是我的条件。"

她把夹克衫递过来。

我的双手依旧放在身体两侧。"如果我最后决定分开，我要能信任你会就此放手。我们只有一天。如果我选择'不',你就签字。"

"如果你尽力了,也给了我这一天,那么,好的,我会签字。"

"你能接受那个结果吗?"

"如果你体验了我们在一起时的幸福,却还是做出了其他的选择,那么我能接受。我会在文件上签字,让我们两个人都得到自由。"

我伸手去接夹克衫。

但朱莉还抓着不放。"你答应我,你答应我你要尽力,不要有保留。"

"我答应你。"

她把夹克衫松开了一些。"好吧,那么——"

"该你向我保证了。"我打断了她的话和她刚浮起的笑意。我们两人一人扯着衣服的一角。"这一天结束后,你要尊重我的决定,不论我的决定是什么,"我咬咬牙,还是说了出来,"不论是好是坏。"

她点了点头。"今天结束后,我保证会尊重你的决定。不论你的决定是什么。"

我答应她晚上的计划后,发现了一些变化。她的声音变得很忧郁,皱起了眉头,一副深思的样子,仿佛她有了一个计划。

她当然有计划。

焦虑感使我的胃一阵刺痛。我真的能在一天之内回心转意吗?万一那个爱了她那么多年的男人真的还在我身体里怎办？我想起来吻她时那种突如其来的欢愉。"如果你不签字，我就打电话给瓦尔玛医生，把你的所作所为告诉她，以及为了保护我不受你骚扰，我将自愿入院。她能安排好。"

"你不用威胁我。我是一个守信用的人。正因如此，我才会做出这些事。"

我把夹克衫拿了过来。

"我们开始吧？"她问。她在微笑。

"今天不行，明天。"她刚想反对，我就摇了摇头，"如果你想让我投入，就不能是今天。我知道现在才早上10点，但我已经没精力了。而且你也说，要我放下防备心。"

"有道理，明天。"

我尽可能迅速地离开了那里。离婚文件安全地放在了我的背包里，我要在她起疑心之前走掉，但朱莉非要陪我走回去。我可能会被关进医院的话似乎让她十分紧张。我离发病只有几天了，朱莉坚持认为不能冒险让我一个人外出。

外面明亮的黄色阳光和微风表明现在仍是早晨。我无精打采，只觉得我的情绪和想法都被赶到了千里之外，但朱莉似乎很满足默默地陪着我。我在路上偷偷看了她几眼。她偶尔和我对视，露出微笑，但从她的眼睛里，我能看出她的脑袋在不停地转动；她在算计，在布局。随着时间的推移，她变得越来越高兴。等我们回到我的公寓，她的脚步已经轻快得快跳起来了。她在想什么，只有她自己知道。我们的道别很简短。我们约好明天早上7点在我的公寓见面。

我安全地回到家里,把门锁上,全身一阵轻松。我把装着离婚申请的信封放进了纪念品盒。这是最近我第二次细读那封信,这次是为了寻找上一个我启动的离婚程序。我什么也没找到,只有一段强调我必须严格遵守计划的话。我一直以为这里指的是多米诺骨牌,或者是运动。现在我想,也许这一条也适用于其他更有深意的东西。

我耸耸肩,不再去猜测,开始摆多米诺骨牌。明天我有其他事情,也就是说今天过后,我只有两个全天的时间来完成整个项目。

我立刻动手干了起来。两小时后,我允许自己休息了一会儿。我心血来潮,跑去街区尽头的街角商店,买了一罐咖啡,和朱莉喝的是同一个品牌。我没有水壶,就用深平底锅在炉子上烧水煮咖啡。和朱莉见面并没有像我希望的那样揭开太多我过去的秘密,但也起到了抛砖引玉的效果,比如我喝加奶的咖啡,不放糖。

咖啡能帮助我集中精神。一杯过后,我干得更顺手了,搭得既快又好。时间一小时一小时地过去,更多的小方块立了起来,接着成群、成片。我没吃午饭,只用一杯咖啡代替。最后我发现,再好的东西也不能过量。我的头在嗡嗡作响,于是我没继续煮咖啡,而是做了一个三明治。

午后的阳光开始透过窗户洒进房间时,完成的多米诺骨牌的数量已经很可观了。我又重复那套床架改造的程序,拖出两箱多米诺骨牌,于是床架缩小成了原来的三分之一。

现在只剩下 12000 多张多米诺骨牌了。多米诺骨牌厅本身也反映了这个庞大的数字：地板上只剩一个较大的角落，木板只剩下不多的几块。在接近完工时，整座骨牌建筑也比以往更像一座雕塑。这是一件艺术品，尽管只有我才能欣赏它的美丽。

一顿晚饭为今天画上了句号。朱莉说过我以前会做饭，也许如果我给自己多留下一些食材和器具，我就能依靠本能回想起来，就和晨间运动一样。

我的思绪飞到了明天。无论怎样，我都必须做出决定，然后这件事就能有个了结：我不是造起来一堵墙，等朱莉举着大锤来把它砸倒，而是制定协议，维护它的是法律之剑，这把剑可以在我们之间划出一道无法逾越的天堑。

第3天

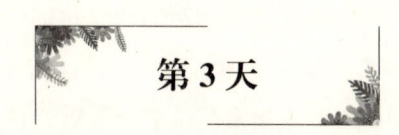

我三下两下就做完了晨练。朱莉说过她7点过来吃早餐,所以我动作得快一些。

我一着急,刮胡子的时候把自己弄伤了,这当然比平时慢慢地刮还浪费了更多时间,等我刮完胡子就已经快7点了。

她最好别提前到,因为我还有事要做。

每次出门,我都要采取预防措施,以防万一遗忘提前开始。和朱莉在一起时,风险也一样大。如果遗忘今天来袭,在刚苏醒时,我要想办法抵抗她的谎言,因为那会是我最脆弱的时候。

我给自己写了一封短信。

看这页笔记。你一个人看,不要和她一起。

你大概已经发现,你又什么都不记得了。这种情况每六个月发生一次,这次发生的日期是周日。如果你在读这些话,说明遗忘提前了，发生时你和朱莉在一起。我——我和你——还没有决定朱莉是否值得信任。你一定要找到日志，读一读。日志是一本蓝色笔记本，应该放在厨房的架子上。找到以后，你就能弄清我们的处境。

如果找不到，说明被她藏起来了。这就说明她不可信，你必须远离她：在她的世界里消失。

我把短信又抄了一遍，一份放进牛仔裤口袋，另一份放进袜子抽屉。

朱莉很聪明，我也要聪明一点儿。

昨天，我答应要敞开心扉。这是我欠我自己的，也是我欠朱莉的。但确切地说，"敞开心扉"到底是什么意思？两天前，我吻了她。我的嘴唇上仍有那种酥麻的感觉，仿佛我有些渴望再次体验那一刻。我咬紧牙关打消这股不合时宜的冲动，把离婚文件放在厨房餐台上，提醒我分清轻重缓急。

接下来，我把纪念品在餐桌上摆开来：木头大象、珠串手链、水晶花瓶、钥匙、紫水晶石和铜吊坠。昨天我没想起来问朱莉纪念品的故事，这次我打算抓住机会。头两件看起来像是非洲的东西，我猜是北非，也许是摩洛哥？我把木头雕刻的大象从一只手换到另一只手，翻来覆去地看，心里默念着这个地名。非洲的纪念品是怎么来到我这里的？我去那里旅行过？还是礼物？也许……

咚咚咚。7点，分秒不差。朱莉当然会准时到达，她只有一天的时间。我拉开门锁,突然想到,每一个人家里的大门门锁都有必然被攻破的时候,那就是家里面的人别无选择,只能让外面的人进来的时候。

我打开门,她就在外面。

"你好。"我说。

朱莉也向我问了好,就从我身边溜进房间,还挤了我一下。除了斜挎着的一个塞得鼓鼓囊囊的书包以外,她还提着很多塑料袋。"你带了吃的过来?"

"你一会儿就明白了。"她跟跟跄跄地提着这些东西从我身边走过去,进了厨房,"这是我计划的一部分。"

"那当然。"

她嘴角上扬,露出一个微笑。

我跟着她来到厨房,好奇地看着。她马不停蹄地忙活了起来,把袋子里的东西一一拿出,放在厨房餐台上。我看了看她的全套衣着:她穿着一条看起来很舒适的宽松运动裤,和上身那件皱巴巴的T恤很搭。T恤很旧,已经褪色发灰,还大了好几码,领子松松垮垮地垂着。

"如果早知道你要盛装出席,"我说,"我就会事先打上领带了。"

"我们说过的,要毫无保留。"她把最后一个袋子放在餐桌上,"所以本着坦白交代的精神,我认为我应该穿上正规的婚服。"她抬起双手,在我面前漂亮地转了一个圈,"我把这套衣服叫作周六早晨沙发懒人装。"

她转圈的时候，T恤领口敞开了，差不多把她的肩膀都露了出来。这件衣服何止是大，是大得没边儿。任何人买衣服的时候都不可能错得那么离谱。我因此得出了唯一合理的解释：诱人地套在她玲珑的身体上的，是我的旧T恤。我忧虑地叹了一口气。如果她穿着一件洗得脱线的T恤和旧运动裤就能让我心跳加速，今天将是漫长的一天。

　　"你的头发变了。"

　　她用手指把头发梳了一道。"这会儿离我原来的样子还差得远，但我把洗得掉的染发剂都洗掉了。"她把我从头到脚打量了一番，"你看起来不错。你还在健身吗？"

　　"对，俯卧撑、卷腹……"我把我锻炼的动作一连串地报了出来。

　　"……引体向上、弓箭步、深蹲、提踵、平板支撑。"她插了进来。很明显，晨间锻炼这个习惯我已经保持了很长时间。

　　我们回到她带来的那些袋子上，并准备早餐。"那些是我的。我还要给我们做煎蛋卷。"她指指另外几个塑料袋，然后埋头在手提包里找东西，"那几个是你的。你来做午餐。"她找出来一个既脏又旧的小笔记本，"给你。"

　　我接了过来。笔记本是耐用的布面，封面上没有字，边角磨损，有几处污渍。我把它翻开：是菜谱。我的菜谱笔记本。内页被翻得发黄，抄写时用了好几种笔，有的是端端正正地用蓝笔写的，有些是潦草地用铅笔写的，还有打叉和修改的地方。但每本菜谱都是同样的字迹。我的字迹。

我一页页地翻看，我的想象力就像插上了翅膀，坚持认为菜谱能重现我写下它的每一个时刻。这真是一件宝贝，可以和所有纪念品相媲美。这是我自己的使用指南。

朱莉在一旁面带笑容地看着我。"我以后再看吧，"我说，"我们先把这些吃的放好。"于是这件小小的历史证据也在放满纪念品的桌上占据了一席之地。

"这些是什么？"朱莉整理着食物，一边用下巴指指那堆东西。

"我还以为你能告诉我呢。"她居然没立刻就把这些东西认出来，真奇怪。"这些是我拥有的和过去有关的一切，标志着我生活中值得纪念的事件。信里没对这些东西做任何解释，所以……"

朱莉走到桌边。"我还以为过去的东西你都没留下……"她仔细地看着我的这些宝贝，皱起了眉头。"这是什么？"

"你不知道吗？"

"这些东西没一样是我认识的。"她把我的纪念品翻过来倒过去地看，"就好像有人走进礼品店，看见什么就买什么。这个东西除外。"她拿起那把钥匙，"这是哪儿的钥匙？"

我耸耸肩。"不知道。"

"上面有个号码。"她把上面的脏污抹掉，"大概是公寓的吧。看起来太大了，不像是用来开储物柜的……还是邮局里租的柜子？"

"289。"几个月前我就记住了这个数字，那时我觉得这些纪念品都有重大的意义。再过3天,所有这些彰显我记忆力的数字都会再次消失。"我们没有吗,那种邮局的柜子?"

"没有。这不是我们在一起时的东西。"

"那就是更早的时候的,在我们认识之前?"

"我们在一起7年了。你何必留着一把没用的钥匙?"她用手指抚摩着这把钥匙,"而且,它的年代没那么久远。"

"看起来很久远。"

她摇摇头。"只是有点儿脏。你摸一摸。齿纹还很锋利,没怎么用过。"

朱莉拿着钥匙的一头,我摸了摸它锯齿状的边缘。她说得没错。

她把钥匙扔回到那一堆纪念品里。"我不知道。我猜对于上一个你来说,它很重要。但它不属于之前,我们在一起的那段时间。"

"也许是那时候的,只是你不知道。"

她哼了一声。"你不是那种有秘密的男人。总之,遗忘发生时,你不在家。第三次遗忘的时候,那时我们没在一起。除了身上穿着的衣服,你什么也没有。你不可能还带着东西出来。很抱歉,如果你想了解你的过去,都在这里面了。"她用手敲敲自己的脑袋,"还有这里。"她指着菜谱笔记本,"你还有什么想知道的,尽管问。"

我失望地把纪念品放回到箱子里。我想不出朱莉有什么理由要对我撒谎。但信里又把纪念品描述成我珍贵历史的载体。

这说不通啊。我把箱子放回纸箱堆上。

朱莉开始做鸡蛋卷。我请她喝咖啡。

"你这里没有咖啡。"

我瞪了她一眼。

"哦,那样的话,加奶,两块糖。"

很快,厨房里就充满了食物的香气和烹饪的声音。挺有意思的。我们吃了早餐,喝了咖啡,我则继续翻看菜谱。每一个菜谱,朱莉都能讲出一个故事。这个笔记本不仅记录了实用技能,还有真正的生活,真是难能可贵!

早餐后,朱莉帮着我洗了盘子。她把咖啡杯递给我的时候,另一只手搭在了我的手臂上。这是一个随意,源自本能的动作,给我的感觉是支持,并没有肉欲。"你知道,我……"她笑着摇摇头,"我只是想说,我很高兴你在这里,而且安全无恙。"她放开手,"昨天回家的路上,我有些恐慌,觉得你也许上楼的时候就发病了。我想打电话来问问你有没有事。你不该在快发病的时候一个人出去。这是疾病,不是按指令运行的程序。你不知道失忆症什么时候就会发作。"

"我自己能保护自己。我走到哪儿都带着一封信和一张地图。"

"很好。"她赞许地笑了,"很聪明的做法。"这话从朱莉嘴里说出来,也许对我就是最高的评价了。"但以后你就不用担心了。等我们重新在一起,我就用工业级的订书机把我们两个钉在一起。"

我用擦碗布擦着我沾了肥皂水的手,摇摇头。"你对不管什么事都要开玩笑吗?"

"对不起。"她可怜兮兮地说,"以前我认识一个男人,他很喜欢我的幽默感。"

"我知道我们今天的身份是夫妻。"我迟疑了一下,拿不准这句话该如何措辞,"我只是不知道具体到某些方面……"我含混不清地说,越到后面声音越小,最后干脆没声了。

朱莉皱起了眉头。我们站得很近。她意识到了什么,后退了几步。"哦,你是说……?"现在轮到她面对那难以启齿的问题了。

"对。"我突然发现也许她以为我指的是另外一件事。"哦,不,你知道的,是那个,"我急忙声明,"我的意思是,夫妻在公共场合都……手牵手什么的。"我跟我父母谈性话题的时候都没这么尴尬。

我们两人同时开始说话。

"实际上我不……"她开口道。

"因为你说我要投入……"我说。

"——就是说要有所行动。倒也不是说那样不行,不过也不用非那么做。我的意思是……"

"我当然想投入,因为你是对的,如果我不尝试一下,就是在欺骗自己,但是……"

我们自说自话,最后都说不下去了。

接下来的安静居然比刚才的语无伦次还要折磨人。

"哇，"朱莉说，"我们俩大概已经完全杜绝了有可能发生的——"

我吻了她。我向她俯过身去，歪着头吻了她。在这一闪而过的微妙瞬间，她的回吻中融合了生命和欲望，就和上次我吻她的时候一样。但我觉得她的情感在消退。她的嘴唇离开了我的，然后她退开了。

我到底干了什么？

"好——好吧。"朱莉说。"首先，这是我经历过的最美妙的吻。其次，这个吻奇怪又尴尬。我说我们应该敞开心扉的时候，我不是说我们一定要……"她抬起头看着我，眼里是我从没见过的无助感。她感到无助是有道理的。毕竟，她怎么能确定我是不是真的能信守诺言、敞开心扉？想到这里，我怎么能确定我是不是真的做到了信守诺言、敞开心扉？

"怎么了？"朱莉问。

毫无保留。我能做到。

"跟我来。"我伸手过去拉住她的手。这次我一点儿也没犹豫。

我带她走进多米诺骨牌厅，踩着垫脚砖，来到一块还没完工的木板面前，这样的木板还剩两块。这一块木板上只摆了四分之一的骨牌，离地面有一段距离，但不是太高，足够达到我的目的。我们手牵手站在它面前。我伸出那只空着的手，"叮"的一声推倒了最靠外一个角的骨牌。转眼间，周围的骨牌就开始依次倒下。

朱莉愣住了。她紧紧地抓着我的手,看着骨牌在连锁反应下倒塌,速度越来越快,"你在干什么?"

这块木板上只有一座桥。我拿走了几块还没倒下的多米诺骨牌,刚才还来势汹汹的坍塌几乎瞬间停止。全程只不过持续了几秒钟,但多米诺骨牌一旦开始倒塌,速度就非常快。

"这块木板是你的。"我转向朱莉,"上面的多米诺骨牌你来摆。"

"什么?不。"她往后退,用脚试探着身后最近的垫脚砖。"我会搞砸的。结果影响你所做的一切,就是你说的,倒塌的时间和造型。"

我摇摇头。"这里是起点。你可以把它摆成你想要的任何样子。过了这座桥,之后的就都是我的了。"

"本来就应该都是你的。你昨天说过,这些多米诺骨牌存在的意义就是为了告诉你,你是谁,你做了些什么。"

我点点头。"我是谁,我做了什么,还有我想要什么。这就是我想要的。"

"如果我们能共同完成呢?我们俩一起。"我就知道朱莉能想出一个有战略意义的妥协方案。

"可以。"

我们一直工作到接近午饭时间。朱莉在设计方面很认真,就不同类型的排列和倒塌的速度、节奏对我提了很多问题。多米诺骨牌一块块地在木板上摆了起来。如果之前她还有什么顾虑,这些顾虑也已经在我们摆多米诺骨牌时消失了。我们并排站着，肩膀和手偶尔碰在一起，让我感到很舒心，甚至是快乐。也许这就是她想让我体验的，我们在一起的时候的感觉。

回到厨房里，我们的位置就换了过来。朱莉说过，由我来做午饭，我也很好奇，想试试我过去的菜谱。所以，现在轮到我笨手笨脚地完成一个我不熟悉的任务，朱莉只偶尔提供一下指导。大部分菜谱里的原料我都没有，朱莉把她能带来的都带来了。但她觉得不要紧，主张我即兴发挥。显然，这就是我过去的做派。

我挑菜谱挑花了眼，因为这本菜谱太精彩了，它不仅是一本日志，还是鲜活的生活记录，也是求生指南，更确切地说，是生活指南，字里行间都在追溯着已被我遗忘的技能和知识。

最后，我选了一道炒菜。朱莉把大部分原料都带来了，做法看起来也不复杂。不一会儿，厨房里就充满了炒菜的香味和声音。我的手和眼睛好像没把如何切菜和估算分量忘光——我头脑里这片记忆的海岛在遗忘的洪水席卷而来时躲过了一劫——但大部分其他实操技能都没保留下来。我一上来就把油加热过了头，朱莉只好把所有窗户打开，让烟散出去。

"别担心。"她笑着说，"消防队知道这里的地址。"

饭做好以后，厨房里又是烟又是蒸汽，附着在汗水上，感觉身上黏糊糊的。我们在阳台吃了饭。微风也是热的，但不潮湿。这盘炒菜味道还可以，因为我把烧煳的油倒了，重新再炒的。朱莉吃得挺高兴。我觉得她以前吃惯了我做的水平更高的菜。

吃过饭后，朱莉留在阳台上抽烟，我在厨房里收拾。做完饭厨房被弄得一团糟,餐台上的信封几乎被各种杂物淹没了。我把信封捡出来,放在显眼的地方。

朱莉进来以后,我建议沿河边散步。尽管今天由我安排活动,但让朱莉一直在家里帮我摆多米诺骨牌感觉有些过分。

我穿上运动鞋,朱莉套上了人字拖。外面烈日当头,但快到河边时,空气变得很清新,还飘来几朵云彩,挡住了阳光。

朱莉走在我身边。她步子小,本来要两步才追得上我的一步,但我发自本能地放慢了脚步,缩短了迈步的距离。这不是唯一一个闪现在我脑海中的本能。我们走着,俩人的手快碰在一起了。我的手指痒痒的,想去握着她的手。在这一生中,我和她一起走过了多少公里的路?在这些路上,我有多少次把她的手握在我的手里?

我知道,朱莉也和我感同身受。

我们很快就来到了河边,河面上波光粼粼,白天灼人的热气似乎都化解在了那些光点中。一片长满草的斜坡一直延伸到河边的岩石;在这个周四的午后,只有几个人在午后散步,除此之外很空旷。一棵很大的无花果树下有阴凉,我们在那里的草地上坐了下来。

我们看起来肯定和其他年轻夫妇一样,幸福地陪伴着彼此。我们安静地坐了很久,看着风景,享受着微风。然后朱莉拿起手机,把一个耳机塞进耳朵,另一个递给我。音乐从远方通过这些小小的喇叭(声音可不小),轰鸣着传入了我的耳朵;音色浑厚饱满,震着我的脑袋。

朱莉喃喃地说了一句什么，是乐队的名字。我点点头。这次我不用考虑这是不是我应该假装知道，和一个知晓我秘密的人在一起终归还是有些好处的。

我的脚跟着打起了拍子。也许是因为我面前的河水蜿蜒曲折，平静地向大海流去；也许是因为我们坐着的草地和大树下的阴凉，但这音乐听起来不像在朱莉生日那天的一样让人心慌。

更正：那天不是她真正的生日。

朱莉懒洋洋地半躺在草地上，望着河水，她的胸部随着呼吸有规律地起伏。她受限于把我们连接起来的耳机线，所以躺下时不得不和我靠得很近。我们并没有接触，但我能感觉到我们几乎挨在一起的部位。我深深吸了一口气。试着敞开心扉去接受是一回事，被迫听从指使去接受又是另一回事。怪不得朱莉看起来很有把握能改变我的样子。

她拿出一支烟。"我本来以为大夏天跑到这里来，我会恨死这样的炎热。"她笑了，"但感觉也不是太糟。"

"以前是不是就是这样？我们俩还在一起的时候？"

"就我能想得起来的，我们没有差点儿把消防队招来。"她转过身看着我，"那些日子没有结束。不管发生什么，都不能把幸福从我们手中抢走。看看现在的我们，就和在周一一样快乐地在一起。以后你就知道了，用不了多久我们就该像已婚夫妻一样吵架了。"

就和在周一一样？我表面上笑着，心里却被她的话刺痛了。今天我了解实情，掌握着事情的发展；那时候我被她骗得团团转，这两种状态没有可比性。

"我从没问过你是怎么得到那个送货的工作的。"

"那不是我的第一选择。"朱莉躺下去,用手肘撑着身体。为了压过音乐声,她的声音比平时要大一些。"我的首选计划是在你住的那层租一套公寓,至少在你那栋楼里。但没有空房。我发现杂货店隔几天就要给你送一次货,就想出了这个办法。"她转过头看着我,"这事你一点儿也不能怪弗兰克。"

"你是说莱斯特先生?"不知为什么,她直呼他的名字,让我有些不快。

"是的。他只想做好事。这一切都不是他的错。"

"是你说服他,让你来接他的班,给我送货的吗?你是怎么做到的?"

她耸耸肩。"我告诉了他事实。"

我看起来一定一脸不相信的样子,因为她坐起来,防卫似的抱起了手。"我不明白这有什么难相信的。如果情况的确紧急,我当然可以告诉他实情。"

我差点儿扑哧一声笑出来,但还是忍住了。

朱莉愤怒地瞪着我。"你知道吗,你最后还是抗拒不了我的幽默感,历史可以为我做证。"

我紧紧地闭着嘴。

"弗兰克知道我们还是夫妻,看到我多想重新得到你以后,就决定帮我。他是个老派的天主教徒,所以把婚姻看得很重。而且,他也很关心你。"她冷冷一笑,"结果,在我们属于彼此这一点上，说服他比说服你要顺利得多。他答应帮忙后，我就向他解释了我的目的和计划。当然了，他没有去度假。他和平时一样，正在给其他顾客送货。"

"但你不只认识我，你还认识戴维斯太太，就是住二楼的那位老太太。你还给其他人送货。"

"哦，我当然要把公寓楼里的另外两单任务也接过来。"朱莉耸耸肩，"如果你看到本该在度假的人在给别人送货，我们的表演就穿帮了。"

我什么也没说。整件事都超出了我的想象。"你的下一步计划是什么？如果上周一我没有恐慌过度，把你赶出公寓的话？"

"我不知道。"她又躺倒在草地上。"我只是想让你再次喜欢上我，让你回想起我们过去幸福的感觉。我没考虑这之后的事情。"

"我以为你把每一步都计划好了呢，你老谋深算的名声会受损的。"

她的嘴角浮现出一丝微笑。她躺在草地上，双手十指相扣，枕在脑后。这个动作让那件旧T恤贴在她身上，让人一眼就看出周六的沙发懒人套装里没有包括胸罩。

我把目光移开，责怪自己竟然产生了一阵冲动。

"你知道，"她说，"人们总是把马基雅维利看成一个邪恶的人，其实他不是。他只是想让自己的国家得到和平。他善用权谋，但不是为了他自己，而是为了更多人的利益。"她眼睛轻轻地眨着，快要闭上了。

"我想，如果我真的爱上了你，让你留在我的生活中，你就没必要重新提起这段历史，也不用费力做那么多事情。"

"我们本来就应该在一起。"

热浪让我脸颊发烫。"既然你已经拯救了未来，何必再重温过去？"

片刻的沉默后，她突然睁开眼睛，眼中充满怀疑。她把耳机从耳朵里扯出来。"你说这些是什么意思？"

"你本来不打算告诉我这些。如果我爱上了你，也没有把你赶走，你根本没必要说出真相。等到遗忘发生，那时你想告诉我什么，就告诉我什么。"

她一扭身坐起来，盘着腿，盯着我。"你也根本不用做什么选择。"

我迎着她的目光，沉默不语。

"我知道忘记是什么感觉，也知道失去某部分的自我多让人懊恼。"她抖出一支烟，点着了。"一开始我并不知道。但上次我找到你以后，你变得愤怒又恐惧。在那之后，我好像认为带着这些快乐的记忆继续生活下去太痛苦，于是回忆开始消失，就好像是头脑下意识的自卫行为。我知道分明发生过的事情，却从记忆里被删除，就这么没了。"她动了动身子，跪坐在我面前。"于是我开始看我们的照片，每天晚上蜷缩在床上，头枕着你的夹克衫，只为了不让这些记忆死去。"

她苦笑了一下。"我不是说我的感受和你的一样，我只是说我也懂。我多少也有过迷失的感觉。我应该考虑一下这种情况下你的感受，但我没有。我太沉迷在自己的情绪里了。"

"所以我需要知道一切。"我说，"昨天你说让我看到我们之间好的一面和坏的一面，然后再做决定——做全面知情的决定时，我觉得很有道理。所以我同意了。"

一阵安静。朱莉搜寻般地看着我的脸。"好吧。"她说，"我明白。"

"如果你真的明白，那么你也要知道，我们之间不能再有其他秘密。该说的都要说出来。如果我没有把好、坏都看过，那我就无法做出最真实的决定，那么我们今天所做的一切就没有意义了。"我咽了一口唾沫，"让我知道一切，我就能做出选择，就像你今早摆的多米诺骨牌一样。我选的，就会成为我的一部分。"

"我现在明白了，真的。"她伸过手来，把手盖在我的手上，眼睛盯着我，"好的、坏的都要知道。这就是我们今天的目的。我保证。"

"我要事实，不管好坏，毫无保留的事实。"

"我保证。"

"好。"

她咽了一口唾沫。"昨天有一件事，但不是什么大事，我没说完。既然我要坦白，那么我就应该说出来。我们说到烟雾弹的时候，我告诉你，我已经考虑过所有可能性，这不完全是真的。记得当时爆炸的震动感很强，我们还摸了墙和地板，看多米诺骨牌会不会被震倒吗?我从没想到有那个可能性。那一刻我慌了,我以为闯了大祸。如果真有差错,那将是一场多么大的灾难啊!"

"我猜没人能面面俱到。"

"可怜的戴维斯太太,一个人守着买来的家具。为这件事,我的确感到很内疚。"

"好。谢谢你告诉我。"

"不用谢。"她放开我的手,往后靠,"你想回去了吗?"

"还不想。"

看来朱莉的确把那些话都听进去了,我也只求她理解。没必要破坏这个和谐的下午。

太阳在往西边移动,头顶这片树荫变得更凉快了,河上吹来的风也越来越大。我们安静地坐了一会儿。平时,安静会让我觉得尴尬,但这次不一样。附近有人走过,小船和渡船在河上往返。

"我猜你穿的是他的制服。"我说。"莱斯特先生的。"

"每周二他都把制服借给我。有点儿不合身,是不是?"

我想起她出现在我门口时,那件制服像麻袋一样套在她身上的样子,不禁笑了。

"笑什么呀,你这个浑蛋!好吧,我的伪装有点儿皱。"她扑哧笑出来,"有一两处非常不起眼的瑕疵。"

然后我们都笑了起来。我们笑朱莉那大得夸张的制服,笑我居然当真了,笑可笑的一切。

最后，我们静下来，决定回家。回到公寓后，下午的时光已消逝大半。朱莉负责晚上的安排。她计划带我出去吃晚餐，我只知道这么多，她没把其他细节告诉我。我不知道应该期待还是警惕。

我先洗了澡，穿上我最好的裤子，然后轮到朱莉。她哼着悦耳的小曲儿，从我身边走过时，目光在我光着的胸膛上停留了好一会儿。

我感觉自己脸红了，因为她可能以为我在炫耀而感到尴尬。实际上我在试着鼓起勇气，穿上那件衬衫。其实想都不用想，我衣柜里那些显旧的T恤根本不够格穿去赴晚宴。那件上好的衬衫，闪烁着紫红色光泽，看上去就好像昨天才买的一样。我叹了一口气，把它穿上，感觉就像有一股温暖的液体流过了我的肩膀和手臂。

朱莉在做准备的时候我想找些事来做，就去厨房里洗碟子。但穿着高档衬衫就好像换了一个新的身份，这样做家务不太合适。我就走进多米诺骨牌厅，开始摆剩下的木板。木板上的工作基本完成了，很多事情都已接近尾声。

我很快就专心摆起多米诺骨牌，朱莉走过厨房过道，出现在我面前时我完全没准备。她穿了一件很显身材的黑色连衣裙，刘海儿吹出了别致的波浪。

我一下睁大了眼睛。"哇，你看起来……"

"呀！"她嚷嚷了一声，打断了我的话，"那当然了。"她不满地走过来，眼里写满了"你早就该料到的"。她把手伸向我的衣领,解开一个扣子,然后把领子抚平。"我一直都很喜欢你穿这件衬衫。"

那么这件衬衫的确是我过去拥有的。也许第三次遗忘发生时我还穿着,然后朱莉和我就被分开了。这种说法是讲得通的。但这能解释为什么这件衬衫和我其他的衣服区别那么大吗?还是让这种区别更难以解释了?

朱莉往后退了一步,微笑着把我打量了一番,但她的目光停留在了我的鞋子上。

"那双呢?"她停下来,摇摇头,"你有其他鞋子吗?鞋底软一点的?"

"没有。"

"其他的任何鞋子都没有吗?"

"没有。"

朱莉看看手表,失望地把脚一跺。

我咬着嘴唇。尽管我没有理由买新鞋子,但这种局面难免让我有些丢脸。这双运动鞋已经又旧又破。"我想,我的鞋的确有点上不了台面。"

"什么?"朱莉皱起了眉头。

"这双鞋子。我们要去高档餐厅吗?我的鞋子是有点儿破破烂烂的。"

"我才不管你的鞋是什么样子。这鞋能合脚吗?"

"当然啦。"我没有半点自我防卫的意思。

实际上,这双鞋的确不是很合脚,上一个我一定是在义卖商店或者什么地方随便买的。我以前从没觉得有什么关系，只是散步走很长的路时才会注意到。但我只有一双鞋，这的确有些奇怪。过去我没有过更多的鞋子吗？比如能和这件衬衫搭配的？

我紧张地在地上擦了擦脚。也许出门吃晚饭不是一个好主意。

"我们别再担心这个问题了。"朱莉说，"你看起来很好。我们走吧？"

我点点头，很高兴能把这个问题抛开。

刚才散步时，我们是往北，朝着城市里走。这次我们往西边，顺着蜿蜒排列在小山坡上的公路桥往西区走去。走在路上，天渐渐黑了。这个城市没有黄昏，尤其是在夏天，黑夜降临时就像放下了剧院的幕布。

朱莉选的是这条长长的街道尽头的一家希腊餐厅。店里干净整洁，氛围友好，一点儿也不高档。据我所知，没人注意到我的鞋子。这就不是那种地方。

这里很热闹，不用拘束，人人都大声说话，我松了一口气。在白天刺眼的阳光下，我都很难在朱莉身边保持清醒的头脑，如果把我放到一个烛光晚宴，浪漫温情的环境里，我只有祈祷上帝保佑了。

这里的菜很美味。朱莉知道我爱吃什么，点菜的时候很有把握：烤肉串、哈罗米芝士配柠檬、希腊沙拉，给我们点的饮料是柠檬水。我一边吃，一边觉得那个问题就像一块巨石压在我的心上。夜晚终究会结束，那时我将做出选择。

我和朱莉发生了几次小摩擦。也许正因为有了这些摩擦，今天是愉快的一天。但我要决定的不是我愿不愿意让今天或今天的这种感觉一遍遍地重复下去，直到永远。如果是那样的话，我会毫不犹豫地做出选择。

问题是，未来的那个我，那个婴儿般没有任何生活经验的我，如果在朱莉的世界里成长起来，会是什么样子。在她的影响下，我的愿望和计划会有什么变化？在这方面，今天的经历消除了我的一些疑虑。我们能相安无事地工作、吃饭、聊天，说明朱莉没必要为了重获她失去的婚姻生活而对我进行大改造。

但我对此不能百分百地确定。朱莉可能只是暂时把对我进行改造或改进的欲望藏了起来。而且，还有一些问题在困扰着我。上一个我不仅拒绝了她，还大费周章地找来律师，开启了离婚程序。看起来有些反应过度。但朱莉看着我的眼睛，坚持说她把一切都告诉了我，她也明白了让我在掌握全面的信息后再做决定的重要性。

她发现我沉思的眼神，便微笑看着我。如果说我的悬而未决也让她心烦意乱，那么她掩饰得很好。她看起来很满意，很享受这一刻。

"你之前说过，我可以问问你我的过去。"

"当然了，问吧。"她把满嘴的食物咽了下去，"哦，除了你以前的工作，这个我待会儿再谈。"她意味深长地笑了笑，甚至有些不怀好意。我压根没想到问这个问题。但现在我开始想了。

"我们是怎么认识的？"

"你记得我遇上火灾的故事吗，香烟点着了我的床？那都是真的。只是我没告诉你，我喝了一晚上的酒。"

"好吧。"

"你上班的地方就在路对面，我以前就见过你。那天晚上你加班，我的烟雾警报一响，你第一个就赶到了。"她咧嘴一笑，"如果你想知道当时的情形——你并没有一脚把门踢开，冲进着火的大楼。警铃把我吵醒了，我摇摇晃晃地跑到大楼前的草坪上，酒醒了一半，浑身都在颤抖。你用手搂着我，问我是否还好。"她的笑容里融入了一丝伤感，"拯救一个人可以有很多方法。"

"所以你觉得你应该重现场景，又是火警又是消防队的。"

"因为那次很成功。"

"所以这就是你戒酒的原因？"

"我倒希望是。"朱莉喝了一小口柠檬水，"但那是……我成功戒酒的开始。"

"是因为你差点儿喝酒送命吗？"

"是因为我发现有些东西不加一口白兰地也能很美好。"

她怔怔地看着我，就像被车灯照到的兔子，眼睛一眨不眨。我扭了扭身体。"我们刚认识的时候，喝酒就已经给你带来麻烦了吗？"

"你是说除了差点儿让我被火烧死以外？不。喝酒没给我带来麻烦。"她胳膊肘搁在桌上，双手捧着柠檬水，慢慢地啜着，

169

"问题就在这里。我喝多了只会变得非常开心,人人都喜欢我。我能喝到天亮,得被人拖出舞池才行。第二天我还能接着喝,一点儿事都没有。"

"一开始是什么让你喝上瘾的?"

"四个字:波本威士忌。"她顿了顿。"五个字。波本威士忌真他妈好喝。"

"没别的原因?"

"没。"她耸耸肩,"我爱波本威士忌的一切。它的味道,上头的感觉。美丽得该死的颜色,就像烧焦的琥珀,还有把一瓶新酒倒出来的声音。"她从喉咙间发出咕噜噜的声音。

"后来为什么戒掉?"

"我戒酒的原因跟喝酒带来的问题无关。"她想到这里,笑了笑,"我清醒的时候才是个问题。我没法过正常的生活。我在大学的时候成绩很好,到最后一年分数开始下降,我开始每天都想喝酒,渴望喝上每天的第一口,仿佛已经没了其他乐趣。"她咬着嘴唇,"我意识到自己已经失去享受其他乐趣的能力,甚至无法在晚餐的时候聊天,我非常害怕。"她举起杯子,"顺便说一句,你想喝葡萄酒的话尽管点,没问题。"

"在你戒酒期间,我会当着你的面喝酒吗?"

她一边叹气,一边摇头。"你说你不爱喝酒了。这在我看来是,你和一个酒鬼生活的时间够长,你就会把杯中物看作敌人。"

"你觉得,如果会遗忘的是你,而不是我,"我大声地把我的想法说了出来，"你会不会变得焕然一新？你也许会忘记自己是酒鬼，酒瘾也跟着没了。"

"不会。这就相当于希望一场森林大火能把火山烧掉一样。也许我能忘记我在喝酒的时候做过的一些蠢事。那倒挺好的。"她停了下来，"但我觉得酒瘾会一直潜伏着。"

我很难听懂她的语气。她的话一开始带着悔意，到结束时却几乎满怀着希望。就这个话题来说，让人想不通。

我还没能解出这个谜题，她就又开始说话了。"也许有些东西会变，比如那个想喝酒的我。我的酒瘾不仅仅是一种渴望，有时更像是一个人。这个人会做计划，会说话，也会说谎。你知道我为什么那么善用计谋吗？因为只有这样才能打败我的酒瘾。打败那个指使我去喝酒的声音。所以，也许欲望还在，但我的个性已经不一样了。"

"可是，如果那个你消失了，你会想她吗？她毕竟是你的一种个性，是你脑子里的声音。她让你变得聪明，没了她——"

"去他妈的。把那个婊子从我脑袋里删掉。"朱莉用叉子叉起一块哈罗米芝士，"也许听起来有些残酷，但你不像我那样了解她。"

我的脸上挂着微笑。我忍不住去想，如果由朱莉来决定记忆的去留，我的哪些特质可能会面临相同的命运。

这是我第一次想知道，我最后会不会只能对她说"不"。我真的很想知道。我无法想象如何把话说出口。像3天前那样表现得震惊和恼怒是一回事，狠下心来拒绝她是另一回事。我突然对面前的食物失去了胃口。

"你吃好了吗?"朱莉的声音把我从沉思中唤醒,要是她的声音没那么快乐就好了,这只会加大我做决定的难度,"我们还要去另一个地方。"

她坚持让她来埋单,说既然今晚由她来安排,费用也由她负责。我没法反驳这种逻辑,但还是觉得有些不忿。她和以往一样大权在握。

朱莉带我往西区走去。那儿是整个城市里我最喜欢的地区,四处零零散散地分布着各种商店和波希米亚咖啡馆。这里的人走起路来脚步轻快,穿衣打扮随心所欲。我光鲜亮丽的礼服衬衫和旧运动鞋的搭配大概很符合这里的风格。但还没走到咖啡馆和夜店扎堆的大街,朱莉就带着我转进了一条小路。她也步伐轻盈,从头到脚都透出一股兴奋劲儿,眼里也闪着快乐的光芒。不管她葫芦里卖的什么药,谜底很快就能揭晓。

她突然停住了脚。我环顾四周,没发现什么特别的。这里只有一条普通的市中心街道,路边一排紧紧挨在一起的水泥砖房。

"我要给你一个惊喜。"朱莉说,"所以你要把眼睛闭上。"

我心中半是怀疑半是期待。我闭上了眼睛。

朱莉挽住我的胳膊。"往前走。"她命令道,于是我们沿着街道前行。为了引导我,她把我的手挽得紧紧的,贴在了她的侧腰上。我试着不去关注我手臂感受到的柔软的身体,但由于闭着眼睛,我找不到其他东西来分散注意力。

我深深吸了一口气。我听到路边树上吸蜜鹦鹉发出的好像晚上猫叫春的声音。还有其他声音。

这是一种击打声。

在鸟刺耳的叫声中,还有一种有规律、稳定的重击声。我每向前走一步,这声音就变得更响,更深沉、有力,最后不再是简单的律动,而是变成了一种节奏。这是音乐声。

"不许偷看。"朱莉带我转了一个弯,朝着音乐声走去,手上把我挽得更紧了。听起来这不是她喜欢的那种音乐,既不是她耳机里传出来的冲击力极强的即兴重复演奏,也不是在她家里播放过的氛围纯音乐。这是更大的乐队演奏的声音,有铜管和弦乐器等。听起来似乎很熟悉。

"上台阶。"朱莉上一级台阶报一次数,只数了头五步。

又上了几级台阶后,音乐声突然飙升,我脚下的地板也变光滑了。大概是抛光的木地板。我的运动鞋踩上去吱吱作响。

"你好。"朱莉在和别人打招呼。

一位女性答道,"一人100块。"这是一位年长女性的声音。

"不是50块吗?"朱莉问道。

"只有周二是那个价。"

我想去摸钱包,但朱莉已经在说,"好,没问题。"她夹着我的胳膊不放,"我来给。我安排的,我出钱。"

朱莉靠过来轻轻地说:"跑遍全国追迷路的老公这个爱好,并不像你想的那么便宜。"

我们继续往前走。朱莉把我推到她前面,我感觉我们走进了

173

一扇门，跨过门槛时，音乐声再次响起。这时，左右两边都传来了阵阵低语声，好像我们靠墙走进了一个很大的房间。是一个派对吗？音乐现场？如果有人往我们这边看，一定会觉得我们行为古怪。一个容貌迷人、身穿优雅长裙的女人，挽着一个穿破运动鞋、双眼紧闭的大高个儿。她领着我走到房间的左边——在我的想象中，这是一个大厅——然后引导我在椅子上坐下。

朱莉终于放开了我的胳膊，我感受不到她柔软的身体了。我松了一口气。总之，我感觉到了什么。我失去了对她的触感，按理来说，这种感觉应该是解脱。

"准备好了吗？"朱莉的声音听起来和我隔着一段距离。也许是一张小桌子。"三、二、一。"她倒数着，有些迫不及待。"睁开眼睛吧！"

色彩、光线和移动的物体同时向我袭来，这里是……舞厅。

在房间中央，几对舞伴踩着音乐的节拍翩翩起舞。男女舞伴配合默契，就像一对齿轮，各自旋转的同时也能和对方精准契合。吊顶灯光架上打下来耀眼的光线，旁边还有镜面灯光球在舞者华丽夺目的服装上投下闪亮多彩的光点。现场没有乐队，音乐是从房间后面的扬声器里传出来的。

"惊不惊喜！"朱莉的眼睛反射着彩色灯光，也跟着一闪一闪的。

我沉浸在眼前的景象中：男性舞者完美的肩膀，脚步旋转发出清脆的唰唰声，还有舞动时男女的深情对视。

"这不是最理想的选择。"朱莉在说话，但这些声音和动作已经让我应接不暇,我几乎没听清她在说什么。"但我资金有限,时间也不够,又是在一个新的城市里,这已经是我能做到的最好的了。"

"我是一个舞者。"

朱莉的脸上绽放出一个灿烂的笑容。

"舞者。"我重复道。舞池里的人用一种让人心醉神迷的优雅姿态迈步、转身。想到自己曾是这些美丽的人中间的一分子,我渐渐兴奋起来。我感觉自己好像一个自由落体掉进另一个世界,在小孩的万花筒里翻滚。

在我大脑的深处,有个声音在大叫,戳穿这镜花水月,阻止我晕乎乎地陷入兴奋的状态:这就是朱莉的计划。此时此刻,这就是她为了攫住我的灵魂而使出的最后一招,这就是昨天早上我们达成协议后,她表现得志在必得的原因。我不能感情用事,影响即将做出的决定。

但音乐和光影舞动震撼着我的每一根神经,在多重的感官激荡下,这个声音渐渐模糊。"太疯狂了。"这件事实和我对自己的所有了解相悖,即使朱莉告诉我,我过去是一个战斗机飞行员或寻宝专家,我的反应也不过如此。

我不敢相信,但我的眼睛、耳朵和内心都告诉我,这是真的。我的本能认出了这个地方。我心中一直都有一个舞者,我的眼睛一直都能看到我的舞池。我看到了所有细节,看到了那个穿黄色衬衫的男士简洁的步伐和他的搭档手腕弯曲的姿势。

"疯狂?"朱莉重复道。她往房间里环视了一圈。人们有的飕飕地舞过房间中央，还有几对儿在靠边的地方来来回回。"舞厅里的所有人都能从各自的过去挖掘出疯狂的往事。有的往事很美，有的很可怕。"她停了下来，脸上的笑容渐渐消失。

"我是不是——"我想找出一个恰当的词。"很有名？"

"别激动，巴里什尼科夫[1]。"她笑了，"你做了你喜欢的事，靠这个谋生，这就是成功。"她把头歪向一边，仿佛在对自己的话进行推敲，"你有时候能参加大型演出。大多数时候你靠在当地的舞蹈工作室授课赚钱，同时还要为自己的下一场演出做准备。"

我看着舞者们身姿轻盈地滑过舞池。"我以前跳得就像他们一样好吗？"

"他们？"朱莉从鼻子里哼了一声，"你这问题问得真可爱。"她从桌子对面探过身来，压低了嗓门儿说："罗比，他们都是业余选手。"她以内行的姿态把舞池扫了一圈。"只有几个跳得很好。我去拿饮料。等我回来，你要告诉我哪一对儿跳得最好。"

"我？"他们跳得都很美。"我看不出好坏。"

"你还记得消防队来了以后，我们帮戴维斯太太搬柜子的事吗？"她认真地看着我，"记得你当时说了什么吗？"

我当然记得。那是我第一次冲着别人嚷嚷。"放低重心，两腿分开。"

"你教我跳舞的时候，用的就是这句话。"她站了起来，

---

[1] 米哈伊尔·尼科拉维特奇·巴里什尼科夫（Mikhail Nikolaevitch Baryshnikov, 1948— ），20 世纪最伟大的舞蹈家之一，被誉为俄罗斯芭蕾天王。

"这些记忆都在你脑子里。"

"我以为你不高兴,因为我太凶了。"

"没有。"朱莉摇摇头,"我的意思是,我是不高兴,但那天我也意识到,你还是你。你,我的罗比。你的声音,你的话语。你还是你。"

哇!我完全看错了形势。我很想知道,在当时警铃的噪声和慌乱中,她想寻找的那个人突然现身,说出她久违的一句话,她是什么感受——就好像听到一个小孩说出亡灵捎来的话一样。

"你当裁判吧。"朱莉把我的注意力带回到舞池里,"我去买两杯果汁。"她做了一个芭蕾舞式的脚尖旋转,然后朝舞厅后面的柜台走去。

一个快速的脚尖旋转。我看她做过多少次这个动作?我曾注意到这个舞步,却不知道为什么它给我留下了特殊的印象。

我把注意力放回到动作和色彩上。一首歌结束了,舞者们保持着最后的姿势,然后才放松,变成了普通人。音乐再次响起,他们又再次变身。

我一定看了很久。朱莉拿着两大杯橘子汁回来的时候,才把我从出神的状态中叫醒。她把其中一杯从桌上推过来,抬起眉毛期待地看着我。

"穿红衣服那对儿。"我解释不了选他们的原因。只是他们有挺拔的身姿,自如地贴近、离开对方的身体,每一个动作都那么完美,两人就像连为一体。

"对。"她点点头。

"尤其是那个男的。"我们同时说道。

"哈！"朱莉笑道，"看见没？你还记得，你还保留着这些感知力。"她用下巴指了指那对舞伴。"他们是比赛级别的。"她靠在椅背上，一边看一边做出评价，"大概正在训练。他们一周会去上三四次课，接受指导。"她笑了，"大概找的就是你这样的老师。"

他们跳舞时就像一首流动的诗歌。

"重点是，"她继续道，"你可以轻松打败舞池里的所有人。"

"想想看，真神奇。"

朱莉把胳膊放在桌子上。"我认为我们不需要想象。"

我摇了摇头。"我能打分，不代表我能做出那些动作。"

"四个字：肌肉记忆。遗忘不会让你忘记一切，你只会忘记一些具体的东西：人物、地点、事件。"

"是的。医生说这叫——"

"情景记忆。"她点了点头，"你不会失去其他类型的记忆。你不会忘记语言。你也不会忘记怎么吃饭、说话、走路……"

"还有跳舞。"我帮她把话说完。

"你想不起来自己在哪儿学的这支舞，也许连姿势和动作的名称也不记得了，但是你的身体还记得。"

"但跳舞是很复杂的运动，和走路说话不一样。"

"实际上，复杂的东西能回忆起来的希望最大。因为你已经重复多次，肌肉已经形成了习惯。这些记忆在你的身体里。"她眼睛闪闪发光。"可能性很大，"她补充道，"从理论上来说。"

我兴奋地双手发抖。也许这是真的？大脑已经忘记的东西，身体却还记得？不然的话，我是怎么把晨间锻炼的动作回想起来的？俯卧撑、卷腹、平板支撑和拉伸，这些动作都在我身体里，只是在等着我把记忆从沉睡的山洞中引诱出来。也许跳舞也是一样，只是在等待我将流入我耳朵的音乐和踩在我脚下的抛光地板连接起来。

"我们跳舞吧。"

"现在？"朱莉笑着放下橘汁，"现在是伦巴。我本来想，我们应该等一首容易一些的曲子。不过，跳吧，为什么不呢？"

她站起来，把一只手伸给我，掌心朝上。我握着她的手。"你也会跳舞，对吧？"

"马马虎虎。我以前的男朋友给我上过一两节课。"

我们在舞池里绕来绕去，来到一个人少的角落。空间大一些就更容易一些，至少这样我就不会撞到别人。我空着的手握紧又放开。先前的兴奋现在变成了紧张。我花了很多天的时间才把锻炼的动作发掘出来，不是一眨眼就全记起来了。而且当时我没有压力，更不用面对这些陌生人。

朱莉转过来面对着我，眼里闪烁着希望的光芒。

很好。我没有对自己怀有不切实际的期望。我咬咬牙，坚定信心。

"要这样。"朱莉开始调整我的准备姿势，推、拉我的四肢和肩膀，直到她满意。幸好我很紧张，她的触碰才没有像平时那样让我有过电的感觉。最后，她往后退了一步，点点头。"等着。"她在我面前摆好姿势,"我们先出右脚,然后再看你能不能想起什么来。"我能看得出她正在默数拍子,等着下一段旋律开始。

我极力克制着想把她的手紧紧握住的冲动,努力放松我的手指。此时我的紧张程度就好像站在悬崖边上,准备往下跳。

"开始。"她说。

我们迈出了第一步。

回忆就像被困住的蝴蝶,拍着翅膀想要飞出去。我前脚落回地上,身体向前移动,后脚脚尖点地,跟着往前走,然后停了下来。

完美。

与其说我看到朱莉做出了和我相同但方向相反的动作,不如说是我感觉到了。我轻盈地向她走去,她转向我,两人的脚同时一踢,迈出半步再转……

我们撞在了一起。朱莉晃了一下,我们侧面相撞,然后像碰碰车一样弹开。她笑了,眼里闪着光。她一眼就从我的动作里看到了某些东西。

"再来一次。"她帮我摆好姿势,手臂、臀部和手腕都放在该放的地方。这次开始得更快,我倒数后跨出第一步,让那一刻的感觉带着我跟上音乐节拍。

我再次向前、停顿、转身。我的脚滑到她的脚边,我破烂的运动鞋挨着她窄窄的黑色鞋子。

就是这样。我做到了。

我们面对面，又转开，向后伸展，仿佛要仰倒下去。我们做着镜像动作，又一起面向前方。我把左脚往前轻快地一迈，但运动鞋吱吱地摩擦着地面，没能迈出去。

不。这可不行。

我晃了一下，但很快就站稳了。

"再来一次。"我说着，自己摆好了准备姿势。但这首歌结束了，我就像商店里一个打扮奇怪的假人一样站着不动。

朱莉抬头看着我，兴奋地咬着嘴唇。"看见了吗？你还是你。"

我也非常兴奋。我的身体里还有记忆，记忆渴望着被释放出来。我突然有一种难以遏制的冲动，想把所有被遗忘的事物都找回来，在这个世界上重新体验一次。到最后，她是对的。朱莉比我更了解我自己。这个事实让我没有安全感。她正一步步把我推向一个对我来说一切都是未知数的世界。

下一首歌开始了。"我可能不会跳这首歌。"朱莉说。

"这首我们就不跳了。"我需要一些时间来呼吸，弄清楚现在的状况。我的身体仿佛在对我们大喊：这个新发现改变了一切。但我的内心却想停一停、想一想，弄清楚什么被改变了、什么没被改变。我们回到桌旁，我瘫坐下去，两条腿一点儿力气都没有了。朱莉坐在椅子的边缘。

没人说话。我们都知道发生了什么。我只是不知道这意味着什么。

"我不知道为什么我没给自己留下任何和音乐有关的东西。"我说，"没有任何能触发这些记忆的东西，连收音机都没有。"

朱莉喝了一小口橘子汁，然后看着我。"这不仅仅和音乐有关。你站在一个空荡荡的房间正中的时候，你不是能感觉到四周的空间在等着你去发现，去用新的东西填满吗？"

"我从没幻想过自己站在一个空房间的中央，这一点不用再讨论。"我的公寓房间的正中是矗立着一座多米诺骨牌的大山的。我伸手去拿橘子汁，但我口渴更多是因为紧张，而不是劳累。即使在此刻，我也无法将目光从那些舞者身上移开。能成为他们中的一员，做着和他们同样的事，那会是什么样的感觉？

没过多久，这首歌也结束了。下一首演奏了几个小节以后，朱莉跳了起来。"华尔兹。你即使睡着了也能跳。这是你教我的第一支舞蹈。很简单，就是一二三、一二三。"

我们回到舞池里的那个角落。她又一次帮我摆好姿势，很内行地用手帮我调整。我猜我以前也这样指点过她。

"这只手搂着我的背。"她示范着，贴近我的身体，让我的右臂搂着她。"我们的这两只手握在一起。"我们两手合拢，掌心带着柔情相对，手指摸索着扣在一起。我的指尖碰到她的皮肤，感到一阵酥麻。

这一次，我比上一次更不协调，身体也更僵硬。也许是因为现在我把期望值提高了，也许是因为朱莉离我太近。

"你愿意的话，可以把我搂得更紧一些。华尔兹是可以——啊！"

我的手臂比我更清楚这舞应该怎么跳。我怀着毋庸置疑的感觉一把将朱莉搂住,这时,我能感觉到我的手掌推着她的臀部,她的手抓着我的后腰。她的脸一时离我很近,近得让我不舒服。她抬起大大的眼睛急切地看着我,眼里闪着光。这张脸占据了我的视野。她的香水味,混合着她的头发和皮肤的味道,冲进了我的鼻腔。

我有些感官超负荷了:我不堪重负的神经被她的臀部、嘴唇和香味冲击。我的后脖颈上冒出了细细的汗水,从胃里涌起一阵恐慌。

"完美。"她说,"现在,踮脚。"她踮起脚,我早已原样照做,仿佛在她开口前我就知道有这道指令。一切都很合拍,音乐、我的手臂、肩膀、臀部、双脚。朱莉也一样。她和我珠联璧合,如影随形。她的话混杂在音乐和舞者旋转而过时沙沙的脚步声里。"你先出右脚,向前一步,就像你要踩到我一样。你迈脚,我就……"

我几乎没听到她在说什么。我被某种陌生的力量控制了,只听得见音乐声,只能感受到其中的起伏和长长的滑音。我不用思考,我的手和脚能找到自己的位置,等待那一刻的到来。在"一二三、一二三"的间隙,一个潜伏的舞者将闪亮登场。

开始。

我右脚轻快起步,朱莉往后退,前脚相依,后腿同时向外划出。我的脚一落地,就立刻旋转、提起脚后跟。在我的带领下,朱莉跟着我的手臂转了一个圈。我无须用力拖拽,整个动作一气呵成。我带着两人转着圈朝着舞池的中心前行,来到旋涡的中心。在众多舞者的旋转、滑步中，唯一固定不变的就是朱莉的脸。舞厅在她身后打转，光线和颜色嗖嗖地掠过：只有她的眼睛和笑容一直在我眼前。

如果把朱莉看作中心，她周围的一切都好像在旋涡里翻滚。她露出笑容，这就是她期待已久的时刻。

肌肉记忆被某种更深层的，一种融合了欲望、意志和感知的东西取代了。我的感觉就像药物通过血管飞速传遍我的全身，来势凶猛，不在我的控制范围内，我的兴奋也仿佛属于另一个人，一个更重要、更强大、更有活力的人。

舞蹈和我的晨间运动不一样。运动时，我只是从肌肉的颤动中发掘出几个动作。跳舞则要依靠根植于大脑深处的行动意图和情感。朱莉第一次播放音乐时，我也有同样的被牢牢控制住的感觉。不过，这次没有那种我在原地不动却天旋地转的恶心感。

这次我不得不让这股内在力量指引我的方向，空间在我面前展开，朱莉、乐声、人群、灯光都把我推上了本能的轨道。我们的每一步，靠着运动本能跨入的一个新的空间，都好像有其他人在背后主使。一个看不见的木偶戏演员，通过上千根细线纠正我身体的每一个部位。这陌生的意志力让我窒息，就像遗忘的波浪将我卷入海底。这就是她一直想要的结果。一个禁锢我的咒语。

我反抗，要把这种陌生的认知赶走。

我把她推开了。

朱莉摇摇摆摆地退了一步。我的动作里并没有太大的力量——与其说我把她推开，不如说是我从她的怀里挣脱了出来。我们的舞蹈戛然而止，随之而来的是一种从头到脚如释重负的感觉。

"哎呀。"朱莉脸上还带着笑容，"错了一步。都怪那双鞋。"

她以为这是一个错误的舞蹈动作，是无意的。但我感觉，这是我步入舞池后做出的第一个有自我意识的动作。

她张开双臂，准备将我揽入怀中。"刚才有几步你跳得非常有感觉。"

"不。那不是我。我不知道我在做什么。"

周围的人都在盯着我们。

她的笑容渐渐消失。"不要紧，你当然不可能一拍脑袋全想起来。"

但回忆就是这样突然冒出来的。我无法控制，我无法选择。

"不行。"我抬手做出"暂停"的手势，"我……不想再继续了。我们不应该到这里来。"

我跌跌撞撞地走出舞池，跳华尔兹的人们纷纷避开。

我回到桌前，一屁股坐在椅子上，萎靡不振地握着我的杯子。朱莉来了，但我没有抬眼看她。我不想看见她脸上的表情。不管她现在的感受是什么，失望、生气、羞愧还是遭到背叛，我都不想知道。

"我们有一个晚上的时间。"她终于开口道。她的语气是试探性的，就像提出了一个问题。

我身子一缩,又摇摇头。"不。"我没有别的话要说。

华尔兹的音乐还在继续,中间夹杂着旁边桌上嘈杂的闲聊声。但我们陷入了一个尴尬的处境中,我能感觉到她在瞪着我。

"我去一下洗手间。"她的声音有些嘶哑。

她转身离开,黑色的裙子发出了窸窸窣窣的声音。我抬起头来,看着她慌慌张张地绕开路上的桌子,差点儿和一个人撞上。这都是因为我。

但我还有什么选择呢?我答应过她要试一试,我也试过了。但再往前走一步就不是我的选择了,我会失去自我。

朱莉似乎不能理解,她不知道被陌生人控制是什么感觉。而这种感觉让我反胃。我站了起来。我想追上她,道歉,试着去解释。但她已经走过舞厅后面的一张桌子,不见了。

我倒在椅背上。如果此刻我在其他地方就好了,什么地方都行。我不知道为什么跳舞和晨间运动不一样。全套有序的健身动作被唤醒后能按需要开启或关闭,为什么跳舞就不行?就好像每一个舞步后面都隐藏着情感和权威,催促着我不再执着于我自己,让我投降。

哼,去他的。

我慢慢地喝着橘汁,直到朱莉从洗手间回来。她没有坐下。

"这首也是华尔兹。"她的声音里透着一丝无望,"节奏更慢。"

她抬起下巴,嘴唇在颤抖,刚才还闪烁着胜利光芒的眼睛现在却发红。她在别人眼里不会像在我眼里那么漂亮。"我觉得那双鞋太碍事。"她的声音在发抖,但她还是坚持继续说下去,"抓地力太强,该滑步、刷步的时候都做不出来。我知道只穿着袜子跳舞会很奇怪,但是——"

"不。"

"好吧。"她说到第二个字,声音就开始变得嘶哑。她无力地坐在椅子里。"对不起。"她看着桌子,看着我们的橘子汁,就是不看我。她身体中的怒火已经熄灭。她的计谋已经穷尽。她看起来被打败了。

"我不是有意要给你出难题。"她双手握拳,放在桌上。她全神贯注地盯着自己的拳头。"你曾经能想起来。第一次遗忘后不久,我们回到了你的工作室。你忘记了我的名字,忘了我们所有的往事;但那个世界里的一切,你没有忘记。从你的动作和你的眼睛里,我能看出你会跳舞。"她的语气很平静,但她说话时拳头攥得紧紧的,"一定是因为时间间隔太长了。这个办法真蠢。"

这就是她一直以来的必胜之计。现在她打出王牌,却还是输掉了,而且看起来她输得一败涂地。我看着她面对失败想装出坚强的样子,但她做不到。我不觉得难过,我不觉得愧疚。

我发现,我自由了——我能自由地做出选择。

泪水涌上她的眼眶,但她还是盯着握紧的拳头不放。她是因为我不再是过去的我而悲伤吗?还是因为她失去了现在这个我,坐在她对面的我?

我知道我想成为哪一个我。

"不。"我慢慢地说，"做出尝试是正确的。"我把一只手从桌上伸过去，轻轻地握住她的拳头。朱莉面无表情地看着我的手。

　　时间在流逝，我们就这样一动不动。我轻抚着她坚硬、发白的指关节，我的指尖触到了她手腕的下侧。她皱起了眉头。她又盯着我的手看了一会儿，下巴的肌肉收紧了。这是愤怒的表现吗？

　　"如果你想安慰我，"她说，"那么你做错了。"

　　"我没想安慰你。"

　　她的呼吸急促起来，嘴唇抿得紧紧的。她眼眶发红，搜寻般地看着我的脸，眼睛里有一丝希望闪过。"哦。"她咽了一口唾沫，然后点点头。

　　我用另一只手握住了她依然紧握的拳头。她目不转睛地看着我。我感觉到她的手放松下来，手指舒展开来。她慢慢地、小心翼翼地把手掌翻转过来，掌心朝上，张开手指，让我的手滑到她的手里。

　　"我们可以沿着河走回我的公寓。"我说。

　　她颤抖着吐出一口气，轻轻地点点头作为回应，轻得几乎看不出来。

　　朱莉用空着的那只手拿起手提包，背到肩上。我们同时站起来，手牵着手，眼睛注视着对方。她只用很轻的力气握着我的手，快要松开的感觉，仿佛她担心握得太紧，手里的东西就会从指缝间逃掉。她现在的动作维持着我们之间身体和眼神的交流。

我们无言地从桌边起身离开。噪声和乐声、多彩的长裙和灯光、快速移动的身体都飘然远去，我们沿着坚硬的墙壁走向出口。她一开始什么也没说，我有种感觉，她不想打破我身上的咒语，这种正在改变我的咒语。

快回到灯火通明的西区时，朱莉突然停下了。我们还牵着手，现在她使劲捏我的手，拉着我停下了。

"那么……"她说，"呃，今晚过得很开心。"她低头看着我们相扣的手，然后抬头看着我。"但是，罗比，我必须知道。如果你已经做出决定，你必须说出来。我已经紧张得要死了。"

"是的。"我说。

"是的，你已经做出决定了？还是你决定答应我？"

"我要对这一切都说'是的'。"然后我把手放在她的臀部，她伸手摸着我的头发，我们接吻了。这次感觉和其他几次完全不一样，没有半点儿犹豫或笨拙：这是完全的确定感。

过了一会儿，我们走上了大街。我在交通灯下停住，不知该往哪个方向走。除了直接通往公寓的那条路以外，其他几条都通往河边的环线。

"这边。"她说。她的声音很轻。这是一个温暖的夜晚，我们穿梭在灯红酒绿、熙熙攘攘的夜市中，餐馆和酒吧中拥出的人群和我们擦肩而过。噪声和移动的物体都只不过是夜晚的背景。

我们走过最后几家旅馆，噪声和人群就都消失了，周围只剩下我们。小河出现在前方,黑色的波浪中闪现着点点城市的灯光,一阵凉风从水面上吹来。

在路上的某个地方,我们的脸上都露出了微笑。也许从我把手伸过桌子,放在她紧握的拳头上时,我就开始笑了。只是现在我的笑容更加明显了。我心底的轻盈似乎改变了地心引力,就连把脚踩在地上都要费点儿力气。

世界上的其他人和事还在继续。我们走在一条僻静的小路上,汽车在上方的高架桥上呼啸而过。上面的一辆消防车一闪一闪的红色警灯似乎很遥远。灯光照在朱莉脸上,给她苍白的皮肤上增加了一抹深红的色彩。这是本周我第二次看到这种场面。

她注意到我的凝视,便问:"怎么了?"

"没什么。"

她眯起了眼睛。"不是城里的每次火警都和我有关。"

"我什么也没说。"我反驳道,"只是你之前去了五分钟洗手间,谁知道你又在搞什么?"

"唉,我的老天哪!"她转过来面对着我,"你在开玩笑?你也会开玩笑了?本来我对你能保留哪怕一点幽默感都已经不抱希望了。"

"哦,我觉得犯重罪也有好笑的一面。"

"好吧。"她吸了吸鼻子,先往后退,然后学着我的样子往前走了几步。这下我知道她举手投足间充满舞蹈感的律动是怎么一回事了。"如果你能想出来如何合法地把自己强加入另一个人的生活中,请立刻告诉我。"她的嘴咧得更开,刚才还拘谨地微笑，现在变成想要捣鬼的样子。"我下次好用上。"

"下次？"我本来应该发火，但这是不可能的。"如果真要发展成那样，我就把你的大头照文在我的胸前，写上'小心恶人'。提高你下次入侵我的生活的难度。"

"小心恶人？"她用另一只手轻轻地在我肩膀上打了一拳。"你这个浑蛋。"她扯了扯我肩部的衬衫，"别闹了。你周日失去记忆后，我不会告诉你，你是一个舞者。我会告诉你，你是一个用……呃……牛奶和面包做道具的行为艺术家。到时候看你怎么办！"

我们再次牵起了手，掌心相对，手指交错。"好吧，"我笑着说，"我想谢谢你给了我一个十分难忘的夜晚……"

朱莉把一根手指按在我的嘴唇上，把我的话打断了。"你知道，"她说着，踮起了脚，身子往前靠，"我在想，我更喜欢那个还没把幽默感找回来的你。"她的手指从我嘴唇上滑下去，给她的嘴唇腾出了空间。

我们终于又上路了，世界在我们身边匆匆流过，每次我们转过来面对面，世界就放慢脚步；我们转回去面朝回家的方向，世界再次前进。最后，河水被抛在我们身后，我们走上了我很久以前走过的小路。

现在看来，这条步行道上有很多回忆。"三四个月前，你是不是就在跟踪我了？"

"当然了。我在那之前就搬过来了。"

"你有没有发现那时我就不怎么出门了？"

"是的。"她点点头,"我当然注意到了。"

"那我顺便提一下,那是因为意外。只是一件很蠢的事,有一次,有一个跑步的人——"

"你果然看见我了!"她嚷嚷起来。

"什么?"

"那就是我!"她转过身看着我,"我告诉过你,我尝试了各种手段。"她举起双手,"我以为我跌倒的时机不对,你没看清我。"

"你是那个跑步的?"

"我把我所有的首饰都戴上了,还有墨镜和跑步装备。"

我回忆了一下,试着把朱莉的脸和那个跑步的人的脸放在一起。"你的头发不一样。"

"对。"她说,"那段时间我是齐肩发,染成棕色,扎成马尾辫。每换一次伪装,我就要折腾头发。"她咧嘴一笑,"幸好这次奏效了。我的头发不能再剪短了。"她凑过来,"你对军人造型有什么看法?光头,军装,你会感兴趣吗?"

"哦。"我们一直在不同的世界里,她一次又一次地改变外形,而我在天空中一砖一瓦地建造一座大教堂。

"哦,"她模仿我惊讶的语气,然后在我的手臂上打了一拳。"你居然就那样把我扔下了。"

"对不起。当时我以为……"我的大脑花了一些时间追上那股内疚的冲动,用理智将它遏制住。"等等。我要为没中你的圈套道歉吗?"

"你当然应该道歉。"她伸出一根手指。"一、我花了几周的时间设下那个圈套。二、"她又伸出一根手指,"浑蛋。"

她真是什么都做得出来。在那几个月里,我一直都很内疚,我以为我应该对整件意外负责。"你还有什么手段没尝试过吗?"

"嗯,"她用手臂钩着我的脖子。"有。有一个计划要用到氯仿和手铐,但没能干成。"

我们又吻了一次。她牙齿锋利的边缘碰到了我的舌头。她后退了一些,不是太远,只留出说话的空间。"对不起。我笑得太厉害了。这是一个问题。"她用手抱着我的脑袋,"我只是,等的时间太长了。"

"我们在一起的时候是不是很完美?"当然,生活不总是这样的。普通的生活不是这样的。"所以你拼了命也要把它找回来?"

"一点儿也不完美。"朱莉皱了皱鼻子。她的手臂还钩着我的脖子,我的手搂在她腰上。我们慢慢地舞着,脚唰唰地擦在地上,在公园一角旋转。"我们以前都有工作。你跳舞,我在剧院里。我们中的一个太爱喝酒,我俩费了些精力来解决这个问题。"她悲伤地笑了笑,"完美?上帝啊,我们有时候能把对方逼疯。"

"那是为什么?为什么这么长时间以来你还是要把这段关系找回来?"

她用手捋着我的头发,把我的发型揉乱。"这个嘛,因为我们有时候会把对方逼疯。"

"我是认真的。"

"我也是认真的。"

"哦,等等——"一个可怕的想法在我的脑海中浮现,就像一只大手朝着一只蝴蝶压了下去,"我只顾着想我自己的问题,没去想什么样的未来对你才是最好的。"

"这是什么意思?"

"不管过去有多好,并不等于现在也一样。我们的未来也不等于过去。"我用手拉住她的腰,我们的旋转停止了,"我们不能回到过去刚认识的时候。我们会回到我把一切都忘了的日子,在 3 天以后。然后每隔 6 个月再重来一次。这种状况可能会持续很多年。"

我抚摸着她的头发,为自己那么无情而摇头。我太粗心了。"就好像你看到我溺水,你觉得你应该拯救我,但我只会把你一起拖下水。"

朱莉耸耸肩。"这个嘛,你知道我在这方面的态度,一次一个恶习就够了。"

"不,"我有些生气地说,"你一直想的都是怎么达到这个目的,你有没有停下来想过,这种生活对你来说是否美好?"

她饱含深情地笑了。"你老是考虑得太多,总是去想那些正确的事情。"但我紧紧盯着她的眼睛,逼着她回答。她叹了一口气。"好吧,老实说,不,我没想过。关注大局通常都是你的事。我们就是这样分工的。"她用手在我的脸颊上轻轻拍了几下,"这就是我为什么有了你的原因。你是我 28 年来做出的最正确的选择,是我最好的安排。"

"安排?"

"把我们安排在一起。我们有各自凹凸不平的地方,凑在一起就能严丝合缝。如果一个人迈出奇怪的步子,把身体扭来扭去,看着就不正常了。如果是两个人,在同样的时间,做出相反的动作,快慢一致……"她用手捶了一下我的胸,"就完全变成另一种东西了。"

"就是跳舞。"

她点点头。"这是值得我去追求,并为之而战的。"

"也许做一次是值得的。可现在呢?"我挺了挺胸。"你的未来注定只能一遍又一遍地把一个不停倒塌的东西重建起来。那个东西就是我的生活。但你不用非得和我一起过这种生活。"

朱莉耸耸肩,但这次很严肃,不再是之前的无所谓。"反正,这就是生活。我们会吵架。我会气冲冲地去睡觉,我们会分别睡在床的两侧。第二天早上醒来后,你会问我要不要咖啡,我会咕咕哝哝地抱怨,然后你给我煮咖啡,我只能说谢谢。于是我们和好。如果我不愿用毕生的时间重建我们的关系,一开始我就不会和你结婚。实际上,这是我做过的最有价值的事情。我不知道有多少次戒酒一周后又不得不重来。有一次我坚持到了一年,却失败了,又得从零开始。一切都会失败。一切都可以从头再来。"

"这不一样。你知道的。"

"不管'这'是什么,都是我自愿的。不管顺境还是逆境,我永远都不可能在这种时候离开你。"

"问题是,"我开始抠字眼儿,"我们已经分开了。所以你不是'离开'我,而是——"我在寻找一个妥帖的词来说服她,"不再回来。"

她抬了抬眉毛。"我没觉得我们分开了。"

她讲的也有道理。她的嘴唇离我的只有几厘米。我们看着对方,无法把目光移开哪怕一秒钟。我们何止是在一起?我们难舍难分。

我把这个没结果的问题放到一边。"我已经给自己创造了新的生活。我过得很好。"

"你每天都在独自面对这一切。"她不满地说,"你没有其他人可以依靠,得不到任何支持。你真的以为你一个人能生活下去?"

我无法直视她的目光,转头望着别处。我过得不好。在遇上她以后,在度过这样的时光以后,我发现一个人的生活并不好。有过这样的经历后,没人能快乐地回到一个人的生活里。但在3天后,遗忘到来之时,这种感觉就会消失,所有的这些记忆都会消失。能保留下来的只有日志,但它只是曾经完整的历史的复制品,苍白无力。"我会没事的。"我说的并非不是实情,"如果我们一直在一起,事情就不一样了。可现实不一样。你有机会可以得到自由,过你自己的生活。"我拉着她的手,"你不是离开我,我们已经分开了,而且这不是任何人的错。"

"罗比——"

"你昨天说过,在这件事里,你经受的痛苦比我多。现在我知道这是真的。你的付出将更多。对我来说,我是无法逃脱的,但你可以。"

"我痛苦是因为我们分开了,不是因为我们在一起。总之,这种病不可能永远不好。你的症状可能……明天就消失了。"

"这是瓦尔玛医生的话。我以为你不喜欢她。"

"我不喜欢她是因为她说的是对的,她谈过你的病,也谈过我会怎样。"

我把手放在她的肩膀上,语气刻意想显得真诚:"我,会没事的。"

她摇摇头。"看着我。"她祖母绿色的眼睛直视过来,仿佛要把我穿透。"我给你的感觉是什么?"她把手滑到我肩膀和脖子相接的地方,纤细的手指用力抠进了我的肌肉。她的脸占据了我的视野,"不要去思考,直接回答。你现在的感觉是什么?"

"很开心。"我脱口而出。

抓着我脖子的手松开了。她满意地点点头。"那不就成了。"

我皱起了眉毛,对自己的屈服感到愤怒。我的话背叛了自己,尽管我说的是事实,但撒谎会更好。

"好了。"她把手从我肩膀滑下去,拉住了我的手。然后,她往后退了一步。"你看,你想象我们有足够长的时间来让你爱上我,深深地爱上我。想象一下你爱我。"

"好。"我保持着声音的平静,"我在想了。"

"现在,我告诉你我病了,病得很重。"她搜寻似的看着我的脸,"这件事会让你改变主意吗?会改变你的欲望或你的感受吗?你会不会因此改变你为我的付出?"

"不会。"

"不会。"她点点头。

"但这并不会改变我的情况。"我反对道,"我不能给你幸福,不能给你应得的生活。我没有那个能力。但我有让你离开的能力,让你不被这种疾病拖累的能力。"我把她的手握在身体前方,"如果我让你过上那种受诅咒的日子,我成什么人了?"

她从我面前退后了一些,挺直身子。"你今天中午是怎么说的?你要在全面知情后做出决定,你要看到我们的好和坏。你有权做出决定。我也一样。"她用手指抓住了我后脖颈上的衬衫。"这就是我的选择。"她小声地说,她的嘴唇已经快要碰到我的嘴唇了,"我现在就做出了选择。"她的嘴唇重重地压在我的嘴唇上。

在她的亲吻下,我被打败了。无论我多么想要保护她,但我要求拥有的选择权,她毫无疑问也一样拥有。

"还有,你知道吗?"她打断了这个吻,"今晚是属于我们的。"她往后退了一些,"你和我会变老,但我们的爱情不老。只要你不停地遗忘,现在这一切就永远不老。你每次失忆,我都能让你从头再爱上我。我一辈子都能享受你爱上我的过程。"

"你真是不可思议！"我为她打不死的乐观主义笑了起来。"你就是接过生活给你的柠檬，然后——"

"调了一杯威士忌酸鸡尾酒。"朱莉欢笑着打断了我，"但我不能再重拾酒瘾这个恶习，别忘了。"

我用手臂把她托起来，就好像她快要坐在我的前臂上一样。她轻得像羽毛。升高的她低下头来，我们脸对着脸。

"还有，"她舔了舔嘴唇，"清醒的时候我对你的爱也没变。这就是真爱。你可以把我们的爱记录在贺卡上！"

回到家后，朱莉对着厨房耀眼的日光灯眨了眨眼。"你的蜡烛在哪里？"

"在水槽下面的橱柜里。你怎么知道我有？"

她咧嘴一笑，开始翻找，然后获胜一般地用她纤细的手指举起四根长长的白色蜡烛。"哇哈哈哈。在你的超市送货员面前，你没有秘密可言。"

她用打火机烧了烧蜡烛底部，然后把蜡烛插在了几个碟子上。"这样就好多了。"她点点头。跳跃的烛光舔着她的脸。"好，我们刚才到哪儿了？"

她身体前倾，靠着桌边。昏暗的烛光把她的眼睛从祖母绿色变成了煤黑色。我们的嘴唇碰在了一起，我紧紧抱着她，其余的世界渐渐退去，被我锁着的大门关在了外面。她的脚离开了地面，但我都没感觉到自己用了力。

卧室。我想都没想就抱着她穿过门口。来到床边后，我弯曲双膝，把她放在床上，然后在她身边躺下。

"等等。"她说，"我等了那么久，不能这样黑灯瞎火的。"

她爬起来，溜进黑暗中，然后拿着蜡烛回来了。乳黄色的烛光和舞动的影子给卧室带来了温暖和灵动。我转身过来。

"我们要不要，呃——"这个问题不能省略，"你知道的，保护措施？"

朱莉摇摇头。"我吃避孕药了。"她叹了一声气，"我一直在吃。虽然没机会接近你，但希望再小也是希望吧，我想。"她抬起头来把我打量了一番，笑了，"你一紧张就会做些拉伸的动作。"

我低头看着我的手。我一只手抓着另一只手的手腕，大拇指抵住指关节，把手腕向后掰。我都没发现自己在这样做。

"这是舞者的习惯。"朱莉走过来，在我身边的床沿坐下。我们转过身面对面，膝盖碰在了一起。

"你了解我的一切吗？"我不再掰手，试着不让自己的声音带上一丝无奈。

她嘴角上翘，笑得更调皮了。她先扶着我的肩膀，然后抓着衬衫借力，跨坐在我身上。"你在我面前没有秘密。但这是好事，对不对？"她放开我的肩膀，把长裙的带子解开，裙子松松垮垮地垂到了她腰上。

她穿着一件蕾丝内衣，在烛光下几近透明。"哇！"我的声音就像一阵低哑的叹息，"内衣很漂亮。"

"这是你最喜欢的。"她露出狡黠的笑容，"从款式上来说不适合跳舞，但我必须为最好的情况做准备。"她的双手拂过胸骨，然后往下，再往两边。我的眼睛紧紧盯着她的指尖。她的手在乳房上方徘徊片刻，然后抓住柔软的蕾丝内衣，往下拉。内衣肩带在她拱起的背上紧绷起来。"明白我的意思了吧？有时让别人知道你所有的秘密是一件好事。"

她没说错。我仿佛中了魔法，身体里所有的神经末梢都像通了电，那深深隐藏、连我自己都不知道的欲望全活了过来。她却知道这些欲望。她已经和我打了很多年的交道。我躺着，完全暴露在她面前。

"呃。"我越是想努力抓住理性思考的想法，这些想法消失得越快。"我的意思是，停，天哪，求求你……"我抓住她的手腕，"这不公平。你什么都知道，但……"

"对谁来说不公平？"她的手指缠绕着我的。

"我们之间的关系不平衡。你知道怎么让我兴奋得发疯，但对你，我完全无从下手。"

"我已经够疯狂的了。"她把臀部往前压，我们贴合得更紧。"而且我已经等了很久了。"

我下半身的反应只是印证了我说的话。朱莉就像音乐家一样随心所欲地摆弄着我，让我耳朵里只听得见嗡嗡的声音。

"我是说真的。"我坐了起来，躲开她的亲吻。

她叹了一口气，往后靠了一些。"好。这样吧。"她伸手到身后解内衣扣，"你就装作从没见过我的裸体，怎么样？就好像你从没碰过我。"内衣滑落了。"我应该会喜欢那样。"

我咽了一口唾沫。"我能做到。"也许我记忆的缺失终于也能有好处。我的手碰到了她的皮肤，顺着她腰部的曲线和隆起的乳房滑过。她戴着一条银色的链子，用来替换周一扯断的那条金链子。婚戒挂在链子上，绿色宝石在烛光下颜色变得更深，闪着微光。我把链子抓在手里。朱莉愣住了。她睁大眼睛盯着我，在我把链子飞快地一扯的瞬间，她的眼睛忽闪了一下，流露出脆弱的神情。细细的链子断了。

朱莉的呼吸颤抖起来，断了的链子掉在床上。

我拿起她的手，把戒指戴在她的无名指上，我能感觉到它滑进了几天前她给我看的浅浅的勒痕里。

这段插曲就好像拨动了一个开关，朱莉甩开我的手，双手紧紧抓住我的衣领。"我喜欢你不穿衬衫的样子。"她说着，手往两边一用力，暗扣啪啪作响，衬衫被扯开了。

她的嘴碰到了我的嘴，她的嘴唇很烫，仿佛她体内有火焰在燃烧，这一点儿也不让我觉得惊讶。我灵魂深处知道这就是吻的味道。她的手从我的脖子往下移，时而轻抚，时而紧扣，经过我的胸口，到我的腹部下方停住了。

她的手在我的裤子上摸索、拉扯，我抬起身子追寻她难以抗拒的甜美。我翻身把她压在下面，抓住她的手腕，把她的手拉起来，按到她身后。我们的嘴唇寻找着对方的嘴和脖子，我们的衣服在不知不觉中一件件地脱了下去。很快，我们中间就没了隔挡，肌肤相亲。

然后她抬起臀部，目光变得深邃，脸色变得严肃起来。她的眼睛望着我，伸手下去，让我们结合在了一起。她嘴里的味道变成了她脖子上汗水的味道。我用手穿过她的头发，手一离开，被压倒的头发立刻又站了起来，就好像带电一样；一股快感传遍我的全身。我们扭动着身体，最后我躺在她旁边，她的臀部对着我。我抚遍她的身体，每一个动作都轻柔自然，然后我再次进入了她的身体。她的背弓起来，一时间一切都变成了热气。

然后，一种更深层、更原始的力量取代了我。在舞厅的时候，华尔兹最终让我退缩了，但现在我们重新起舞，轮流领舞，另一个心领神会地跟着。身体的律动，和上舞韵节拍，奏出一段旋律。

这其中有多少是本能？多少是久违的缠绵？多少是得益于朱莉，这个独一无二的人，从我们过去的日子中淬炼而得的经验？

这是肌肉记忆，是肉体的重组。朱莉的身体移动着，就好像她是塑造我的模子。我为她而生。

我们再次靠近，在床单上，身体摇摆、扭动，更快、更猛烈，一种超然的感觉涌过我的全身。终于，我感到彻底安全了。在那一刻，在她的臂弯里，我在这个世界上找到了栖身之地。朱莉是我的生活，我的家。

高潮时我们嘴唇张开，紧紧贴在一起亲吻，身体在抽搐。我的思绪静止不前。

我瘫倒在床上，然后……

见鬼，这床。

"哇！"朱莉坐了起来，"我还以为地震了。"床塌了。床垫陷落在几个起伏不平的箱子中间。"真没想到，怎么会变成这样？"

我们一定是把那根旧夹扣绳子扯开了，充当床架的箱子失去束缚就散开了。空的箱子被压扁了，装着东西的没事，只是移了位。我们俩躺在这堆破箱子上，身体下的床垫快要滑落下去，再下面的空箱子被压得变形了。

朱莉翻了个身，在床边翻找，然后往嘴里塞了一支香烟。她扭转柔软的身体，凑着床头的蜡烛点着了烟。然后她又躺下来，床垫就像一双奇怪大手，几乎把她包了起来。

我自始至终都在看着她。有些东西不一样了。我的四肢隐隐发麻，我的目光在她身体上游移。感觉就像在看日食，阳光炫目，但也遮不住美丽的太阳。这么多的快乐，怎么会全都存在于一个人身上？

她挪了个位置，钻到我的臂弯里，头枕在我的手臂上。她拨弄着我胸前的细毛，她温暖的乳房贴着我的皮肤。

"原来这就是你之前说的。"我的声音听起来很低，不像我。我用手背抚摸着她的脖子，"你说看到我们好的一面和坏的一面。这就是——"我在寻找一个贴切的词，"快乐。"

"女孩会有各种快乐的梦想，但我当时没幻想过把床都震塌的性爱。"她把身子抬起来一些，深吸了一口烟，烟头亮了起来，"我更想让你了解我们日常的生活。你是我的。我只有和你在一起才不会脸红,不会失落,也不会感觉被困在牢笼中。"她笑了,"我也是你的。我知道只要我们在一起的时间够长,你就能再次体会到。"

她把自己的一切当作赌注押了下去。她赢了。烟雾在烛光中形成一圈圈不散的螺纹。"这里可以抽烟吗?"我问。

"如果一支香烟就能触发那些旧警报器,"她咧开嘴,露出调皮的微笑,"我就不用研究什么烟雾弹了。"

我的手找到了她的手,手指交叉时,我碰到了那枚坚硬的金属婚戒。"我说过这不公平,我是认真的。你比我还要了解我,无论我做什么,无论我在日志里写下多少零碎的语言,这都不会改变。这些东西必须积累起来才能有用。"我摸着她的侧脸,"我永远都只能受控于你。"这一次,承认这件事实的时候,我没有感到害怕。

她好一会儿都没说话,只是默默地吸烟。我怀疑她根本没听见我的话。

然后她开口了。"有些真相你没看清。"她把身子探出去,把烟蒂掐灭在碟子上,"先爱上对方的那个人最先失去掌控权。"她用手肘撑起身子,用手把我脸上的头发拨开。我们四目相对。她表情凝重。"我爱你。"她耸耸肩,"爱上别人时,有一件可怕的、无法改变的事。早在你打开那扇门,我告诉你我的名字之前,我就爱上了你。"

我的嘴唇动了动,但她用空着的一只手捂了上来,不让我说话。"你没必要用同样的话回应我。我只是表明态度。我和你在一起，就是我一次又一次地失去所有权利。每次都是我先爱上你。"

"这不一样。我能回忆起哪些往事，重拾哪些习惯，我未来的改变，一切都掌握在你手里。"

"我想，如果你知道恋爱是什么感觉——爱上一个不爱你的人，你的看法就会不一样了。"她又躺回到我的臂弯里，把头靠在我的肩上。

我们在半梦半醒的状态中躺了一会儿。一支蜡烛快烧完了，灯芯泡在蜡油里，噼噼啪啪地响了几声，投射在房间里的影子开始跳跃。

这支蜡烛终于熄灭时，朱莉醒了过来。"我不想太累了。"她嘟囔着说，但语气沉重，就像从她身体中传出的低吼，震撼着我的身体。"我昨晚翻来覆去睡不着。不公平。今晚我要醒着，这是我第一次只要和你在一起就行，什么都不用想。"

她的话里有得胜的骄傲，也有不设防的安心。

"那种感觉是怎样的？"我问，"在几个月里做这些计划，再付诸实践？"

"孤独。"就在我以为她已经睡着的时候，她答道，"有时会很害怕，害怕我会输得一败涂地。"

"现在你不用害怕了。睡吧。我就在这里陪着你。"

她颤抖着吐了一口气。"晚安，罗比。"

"晚安。"

"我每晚都对枕头说这句话，就像在祈祷一样。我躺在我的床上，幻想着你在这张床上躺下，睡在这个枕头上。我们两个人，一个挨着另一个。虽然你离我很远，我还是希望我能保护你，让你快乐。每天晚上都是这样，已经过去了……"她停了下来，我能感觉到她的眼睫毛在我的胸口抖动。"356个夜晚。晚安，罗比。"

这个数字重要吗？

黑暗中，这句话萦绕在我的脑海中，吞噬了我入睡的希望。

朱莉依偎在我的肩上。在她说完那几句话后，她似乎放下了所有警觉和疑虑，很快就睡着了。她一条胳膊压在我胸上，一条腿搭在我臀部，她温暖的皮肤贴着我的侧腰。我每一寸和她接触的肌肤都受到了生命的滋润。我们之间不仅有欲望，更有一种满足感。我被朱莉抱着感觉很自然，就像我戴在她手指上的戒指一样。

如果宇宙万物可以在这一刻停止，这份完美就能永远留存下去。

蜡烛一根根地烧尽，黑暗降临房间，但并不长久。我的眼睛适应后，外面的光线就从窗帘后悄悄地照进来。那个数字也钻入了我的脑海，让我放松的思绪变得紧张起来。356个夜晚的晚祷。差不多一年，两次遗忘周期加起来不到的时间。我们在一个枕头上互道"晚安"之后的那段时间。

但这个数字重要吗？

我的身体僵住了。我想起了之前的对话，关于她戒酒的对话和几天前的对话交织在一起。

我要证实一下。我从朱莉熟睡的身体下溜出去,披上一件衣服,轻手轻脚地走到厨房。我拿出日志,翻到第7天的记录。真的只是4天前的事吗?我飞快地扫过那些内容,随着书页的翻动,记忆也在回放。我很快就找到了她谈到自己戒酒多少天的部分。当然了,我没有记下她说的确切的数字。这里只写了我们当时在阳台上,她给我看了那枚奖章。

那枚奖章。

她的手提包就扔在厨房地板上。我想都没想就把它抓起来,把那个硬硬的金属圆片找出来。然后我走到墙上的日历前,从奖章上的日期开始往前推6个月。然后从上一次遗忘开始往后数179天。两次推算的结果是吻合的。我的第三次遗忘开始的那一天,我们分开的时候,她在喝酒。她喝醉了。正在戒酒的人再次开始喝酒时,不会只喝一杯。也不会到了第二天就重新发誓戒酒。她一直在酗酒。

这意味着什么?我得认真思考一下——这一次,我要比她聪明才行。我把朱莉的包放回原位,来到椅子旁坐下。时间慢慢过去,想法在我脑海中翻腾。我渐渐地把各种线索拼成了一个完整的故事。

最后,我回到卧室。朱莉还是我刚才离开时的样子,躺在一张塌陷的床上,就像坠落人间的天使,把地面砸出了一个大坑。微弱的光线透过厨房门给她盖上了厚厚的阴影,但她还是那么美丽。

我毫不怀疑这些数字在现在，以及过去分别意味着什么。但我还有这最后的时刻可以享受。我踮着脚穿过房间，穿上一件T恤，回到她身边躺下。凌乱的床铺被我压得继续倾斜，朱莉也跟着滚了一下，温暖的身体紧紧地靠着我。她被这动静弄得半醒过来，笑着用柔软的手臂抱着我，这个动作那么自然，她在梦里也能做到。

她一碰我，我的皮肤就发麻。她是毒品，我就是瘾君子。有一会儿我以为她又睡着了，但接着她说话了。

"你为什么穿着衣服？"朱莉的喃喃低语中睡意浓厚，有些假装的不满。她推了推我穿着薄薄的棉T恤的身体。"你的身体怎么那么紧张。"

"你还是起床吧。"我叹了一口气，"我去把灯打开。"

我起身打开灯后，朱莉已经盘腿坐在了床上。她抬起头，大睁着眼睛看着我，又在灯光下眨着眼睛。

"给你。"我拿出一件T恤。面对即将来临的风暴，我们至少应该保持体面。

她伸手接了过去。我能看到她在我眼前醒来，她眼睛后面的大脑开始了运转。这并不重要。接下来的事与策略无关。

她小心地把我上下打量了一番，手里抓着软绵绵的T恤。"怎么了？"

我深深吸了一口气。"你对我道晚安时，你说这是356个夜晚以来的第一次。但在周日，你说过离上次喝酒已经过了351天。"

"我不觉得——"

"你知道，我是会看日历的。"

我将她打断后，她就没再次开口。她的下巴收紧了。她就像要把我看穿一样盯着我。过了好半天，她把T恤从头上套进去，然后把胳膊也穿进去。

"你上次喝酒的时候，就是我上一次遗忘发作的时候。"我把奖章扔在她身旁的床上。"日期是对得起来的。"

一时间，她好像要愤怒地反驳我，但她一直把嘴紧闭着。

"之后你大概就没再喝酒了，"我继续道，"因为我下落不明。但事情发生时，你在喝酒。"我把双手叠在胸前，"当时，你喝醉了。"

我心里有一个声音在尖叫着想要她否认。我手上有充足的证据。她喝醉了，这就解释了一切。这就解释了为什么在那个重要的时刻到来时，我们没有在一起。为什么我离开了我预设好的生活体系，失去了与她的联系，为什么她从那一刻开始决定戒酒。这也是为什么她能坚持到现在的原因。

我的内心想要抛开逻辑，抛开理智，让她否认。但她还是保持沉默。她用燧石般锐利的目光看着我，嘴唇依然紧闭。

"也许当时我知道。我通过某种办法发现你没有陪着我。也许在第一天找不到你的时候，瓦尔玛医生告诉了我，为什么我的妻子不在我身边。这就是上次遗忘后，你刚出现在我面前时我生气的原因。这就是我想离婚的原因，也是我没在信里提到你的原因。你没有陪在我身旁，我不愿再让你出现在我的生活里。"

她没有再瞪着我了。我的指责越是激烈,她表情的变化就越大。她的表情像是在哀求。她想说话,但被我抢先打断了。"不要骗我。"

她咬着下唇。"罗比,我犯了一个可怕的错误。"

我突然没了力气,只能向后靠在墙上。

"但我不再是过去那个我了。"她坐直了身子,"我又开始了戒酒计划,无论过程多么艰难、孤独,我再也没喝过酒。因为我知道你需要我,我必须成为更好的自己。"她站起来,光着脚走到离我一臂的地方停了下来,睁着大大的眼睛抬头望着我。"我搞砸了,罗比。你可以责怪我,你最需要我的时候,我没在你身边。但别责怪我现在回来了。现在我在做正确的事。我在弥补我犯下的错误。"

她伸出手来,但我退缩了。我靠在后面的墙上。"当时发生了什么?"

她的手垂了下去,然后两手握在胸前。"我太软弱了。"她悔恨地摇着头,"我们不要再深究了。你不想听那些陈年旧事。而且从那以后我改变了,我成长了。"

"我们要坦白,你还记得吗?"

"好吧。"她很不高兴,但只能接受,"我要来一支烟。"

"可以。我们到外面去。"

朱莉穿衣服的时候,我走到阳台上。没有星星的夜空压在头顶上,温暖的微风也让人感到沉重,好像一场暴风雨即将来临。

她出来的时候，我看到她在我的旧T恤下面配了一条短裤。下面的路灯发出丑陋的橘黄色灯光，即使在这时，她还是很美。让过去的事情留在过去，向她屈服，将是一件很容易的事。

我们的目光在一瞬间相遇了，她严肃又悲伤，但除此之外，我从她眼里什么都看不到。她走到阳台栏杆旁，从烟盒里抖出一支香烟。

她把烟点着，深长地吐出一口烟。"大部分的事实你都知道了。我们不知道发病的周期。遗忘已经发生过两次，所以我们知道还会发生，只是不知道什么时候。"

她转过头看着我。我点点头，她眼里闪现一丝希望。她还是不明白。

"我们当时过得挺好。你在计划一场新的演出，我在匿名戒酒会上进步很大。一年没喝酒，还当上了互助人——我告诉过你的，雅齐的互助人。我没告诉你的是，我跟她的接触越多，就越容易回想起我过去的样子。"她的眼里闪着光，"有时我觉得你不知道自己有多幸运，你不会被痛苦的过去困扰。而我们其他人都是过去的囚徒。"

我望着她。她真是大错特错。过去当然困扰着我。来自过去的人就站在我面前，在浓厚的夜色中抽着烟。

朱莉把脸转开，望着城市里的灯光。"雅齐不像我一样有你把我拉回正轨。她的戒酒计划效果不好。喝酒的确会带来很多问题，但感觉也的确很好。我以为我能影响她，"朱莉沮丧地撇撇嘴，耸了耸肩，"结果她却影响了我。"

她在说话间吞云吐雾，惨然的笑容里增加了更多的苦涩。"这不是她的错。我应该有阻止自己回到那个世界的方法。"她把快要燃尽的香烟在金属栏杆上掐灭了。

"继续。"

"后来我才明白为什么我的防御机制没起作用。"她把熄灭的烟蒂从阳台上弹了出去，"你记得我跟你说过的肌肉记忆吧？问题就在于，我们的身体只有在进入相同的环境后才能想起上次的教训。你进入熟悉的环境，接触那些人，听到那些音乐，闻到那些气味——然后才能勾起回忆。"

"这就是你今晚带我去跳舞的原因。"

她点点头。"其他记忆也一样。我铭记在心的那些道理，只有在我清醒的时候，在没有酒的地方，才能起作用。我冒着破戒的危险，跟着雅齐进入她的世界时，我就已经走错了。就这么简单。"她弹了一下手指，就好像一个魔术师把手里的东西变没了。

"所以你和她在一起的时候，这事就这么发生了。"

"我和她一起参加派对。我的计划是让她知道，她不用喝酒也能享受生活。我在那里待了两小时，这个计划就变味了。我说服自己，我要让她知道如何负责任地喝酒，同时享受生活。之后的事我就不记得了，那段时间一片空白，我醒过来的时候是第二天下午我在医院洗胃的时候。"她转过脸看着我，"我当时一团糟。我知道我让我们失望了。你一直没给我打电话，也没回我的短信。之后我才知道手机没在你身上。但在我浑浑噩噩的头脑中,我坚信你已经知道了,你生我的气了。"

"我会那样吗,生你的气?"

她摇了摇头。"你会失望。"她扶着栏杆往下滑,最后坐在阳台的地板上,"过了一天多我才回到家。家中的电话里全是留言,然后我才意识到发生了什么。我跑去找你,但你已经换了几家医院。我急疯了,满脑子都是我犯下的错误。把你现在对我的感觉,愤怒、失望……"

还有背叛。

"——乘以1000,那就是我当时的感受。等我清醒过来,已经太晚了。"她抬起头看着我,"我觉得你是对的,瓦尔玛医生知道是我把你弄丢了。我不知道医生能不能查到入院记录,反正她就是知道。她之前就不信任我。她知道我酗酒的问题,我让她最担心的事情变成了现实。我联系上她之后,她没给我一点线索,仿佛没有我,你会过得更好。"朱莉的声音变得嘶哑,她又摸索着去拿烟,"我不应该恨她。她做的一切都是为了保护你。"她说着哽噎起来,就好像在尽力吞下一片苦涩的药片。"我没有因为她对我不公而恨她。"

"你恨她是因为她是对的。"

她点点头。"她是对的。过去是对的。那时候的我不一样,既愚蠢又自大。我应该知道自己有几斤几两。我应该知道自己那些巧妙的计谋不是万无一失的。"

"你当然应该知道。"朱莉听到这句话时眨了眨眼睛,"你应该知道,因为这很重要。重要的事情要灵活处理。"

"对。"

"你没把这件事告诉我,也是一样的道理。"我保持语气不偏不倚,"你把这件事当作秘密藏起来。因为对重要的事情就该这样灵活处理。"

"我就是这样战胜困难的。"她站起来,"我投入了更多的精力,取得了成功。为我们取得了成功。"

"我相信你。"

朱莉松了一口气。她走过来,伸出手。她还是不明白。我转过身,向门口走去。

"罗比,你在干什么?"

我回到凉快的厨房,站在苍白的灯光下。

"你去哪儿?"我听到朱莉跟着我走进凉快的室内。她用手抓住了我的肩膀,把我扭过去面对着她。"我知道我让你失望了。但是请相信我,我已经付出了代价。"

"我也是。"我不假思索地说。

"但你不用再付出任何代价了。"她走上前来,我还没来得及退后,她就抓住了我的手,"这就是我做这一切的意义所在。让我们重回正轨。这就是为什么我永远不会放弃。你再也不用为我的软弱付出代价了。"

"你不明白。你一年前做的事没关系。你今天做的事有问题。"

朱莉惊讶地看着我。她往后缩,抓着我的手也松开了。"什么——"

"你本来不打算告诉我的。"我把手从她的手里抽了出来,"如果不是我自己发现,我永远也不会知道。"

"我没有对你说谎,这不算谎言。我只是……"

"你说你到乡下去了。你说这就是你花了好几天才回到家的原因。"

她愤怒地瞪着我。

我也愤怒地瞪了回去:"我告诉过你,不能再有事瞒着我。我也告诉过你为什么这很重要。你说你明白。"

"我的确明白。"她眼眶发红,几乎在乞求我。"但我担心我不藏住这个秘密就会坏了大事。我花了一年时间才和你再次说上话,才听到你叫我的名字。一年啊,罗比,一年的沉默和孤独,罗比。我不能让我的努力毁于一旦。"

"你不愿冒险让我来做决定。"

她无言以对。我能看出她的大脑在飞速运转,但她只是抬头呆呆地看着我,双手攥在一起。

"你根本不打算让我同时看到好的和坏的这两面,做出知情的选择。"我把双臂交叉叠在胸前,"既然我可能会做出对你不利的选择,为什么还要让我选择呢?"

"比起让你做出完美选择,还有更重要的事。"她把双手紧握成拳头,声音里的悲伤变成了沮丧。

"不,朱莉。没有。再过两天,我就得和我的决定永远地共同生存下去。我只对你提出了一个要求,请你让我做出自己的选择,而不是让别人替我选择。"我努力使自己的声音保持平静，但基本上失败了。"你应该把事实告诉我。"

"怎么可能？"她声音大得快要变成尖叫了，"换成别人也不可能！没人会把自己最大的失败告诉他们爱的人。你觉得我说了会怎么样？'哦，你知道吗？我在你最需要我的时候背叛了你。你知道，我只是顺便说一下，仅供参考。'"她愤怒得声音都变嘶哑了，"你不可能要求别人那样做。没有人会那样做。没人能做得出来！"

"没人非这么做不可。我现在明白了。所以我不会再向你，再向任何人提这个要求。"

"你不会是说……"她的声音越来越小。

我保持沉默。她知道我的意思。

"别就这样放弃，罗比。我们已经经历了那么多，"她恳求道，"你看，我知道你的感受是什么。你醒过来的时候，身边必须有一个你信任的人。你需要你的记忆，你需要你的——"她寻找着那个合适的词，"救生艇。我可以做到。我会的。"她往四周看了一眼，找到我的日志，递给我，"我们可以把这些都记录下来。所有的历史都会在日志里。好的和坏的，都会永远存在。"

"这就是你的灵活处理。"

"是的。"她使劲点了点头，"在这件事上你也要灵活一些。就在此时此地。这是你的未来。"

我从她手里接过日志。她的眼睛闪耀着希望的光芒。我把它放回原处，拿起我的笔，又从餐台上拿起那只装着离婚文件的黄色信封。我把信封放在桌上。

"生活中重要的事情并不能像你想的那样灵活处理。"我伸出手,把笔递给她,"你应该真诚面对。"

朱莉惊恐地摇着头向后退。"现在?你怎么能这样?在我们经历了那么多以后?"

"我昨天告诉过你我要的是什么。"我的声音听起来很大,"今天下午我又说了一次。在我们经历了一切之后,我现在这么做,是因为直到现在我才发现你隐藏的真相。"我拿着笔的手指在颤抖。

"你为什么生气?"她把嗓门儿提高到和我一样,"被抛弃的是我。"

"我生气是因为我想要这样的生活,"我喊道,"你展示给我的生活。但我并没有要求跳舞、吃晚饭,或做其他的事情。我只想要一个东西,一个你没给我的东西——真相。所以现在我不得不放弃这一切,尽管——"我猛地闭上嘴,把后面的话吞下了肚子——我非常用力,连牙齿都发出咔的一声。

"尽管什么?"

"不重要了。我要什么,我的感受是什么都不重要。因为两天后我会忘记一切,那时我需要的是一个我可以信任的人。"

我走上前去,再次把笔递给她。

"我做不到。"她畏缩着躲开了,眼里充满了泪水,"尤其在……"她愤怒地指着我,"你给我戴上……戴上了……"

婚戒。

她说不出这个词。在舞厅里，她能用意志力忍住眼泪，但现在她无论如何都做不到了。

虽然我很生气，但看到她这样，我也很难过。这不是她的错——只是我要的东西她给不了我。

深呼吸。"我们做出过承诺。你让我知道我们在一起是什么样的，最后，我做出决定。你答应过我。"

"你也答应过我！"她吼道，"很多年前，你说我爱上你会很安全，因为你永远不会离开我。你要是没这么说，我根本不会让你进入我的生活。"

"那个承诺发生在另一个世界。你的承诺是几小时前。"我心中感到一阵恐慌。如果她拒绝信守诺言怎么办？

"停！别说了！"她几乎要用双手把头包起来，好像这样就能堵住耳朵。

我懊恼地擦去一滴眼泪。我现在不能表现出我的脆弱。

她从身体深处颤抖着吐出一口气，双手放下，垂在身体两侧。她把几乎将她身体撕裂的情绪释放了出去，恢复了常态。

她一步步地走到桌前，无力地在椅子上坐下，把文件从黄色信封里抽了出来。

我把笔放在文件旁边。她拿着文件的手在抖，但她脸上没有一丝悲痛的表情。她看起来就像一个走上断头台的女王，决心带着尊严死去。

笔举到文件上，停下不动了。我看着笔悬在空中。她仍然拥有所有的力量。两天后我就会失忆，而她会记得一切。她还是能带着律师和撬棍来对付我。

"让我们都重获自由吧。"我的声音低得像耳语。"你，还有我。"

笔落在纸上，她签了名，然后翻到下一处需要签字的地方。她一页页地签了下去。然后她把文件摞在一起，整理好以后放在信封上。

"我去拿我的东西。"她的声音很小。

我给她让开路。她一离开厨房，我就把文件拿起来，塞进了信封。然后我把信封放在冰箱顶上，免得谁突然变卦。负罪感包围了我。我觉得怀疑她是不对的。不管朱莉有什么缺点，至少在这件事上，她信守了诺言。

我在多米诺骨牌厅里等着她。站在那里应该会让我感觉好些。现在，这项工程又可以承担起它的使命，不会意外地受到前世或者前妻的干预。只要再说几句话，我就能关上门，再次安全又孤单。

朱莉走出卧室，来到厨房，身上穿着跳舞的长裙。她的鞋子走在厨房地板上发出咔嗒咔嗒的声音。冰箱门嘎吱一声开了。

"我要带走我的生日礼物。"她走进多米诺骨牌厅，把香槟酒塞进她的包里。

"不行。别这样。"

"去你妈的。"她头也不回地从我身边大步走过，"一次一个恶习就够了。"

一次一个恶习。先来最糟糕的那个。我变成了她的恶习。

我想说几句告别的话。她为了进入我的生活做了很多努力，我们作为夫妻度过的那些年也是值得的。但我还是默默地站在那里，看着她离去。

她握住门把手。"其实，这些东西有其他的用处。"她的声音听起来平静而冷漠。"多米诺骨牌、斜坡和木板。"她侧过身，用另一只手指了指我的多米诺骨牌，"这些东西不是为了展示你的成就，或延续你的身份，或你那封狗屁信里说的任何目的。"

她目不转睛地盯着那些多米诺骨牌，仿佛正以一种客观的科学态度进行研究。在那张苍白的脸上，她深色的嘴唇不屑地翘了起来。"既然你要我坦白……"

"你在说什么？"

"83000张多米诺骨牌不能创造什么纪录。世界纪录是这个数字的10倍，是一个高得离谱的数字，在网上花5秒钟就能查到。"她转过身来面对着我，双臂交叉叠在胸前，"这些多米诺骨牌不是写那封珍贵的信的作者留给你的。这是我的罗比的多米诺骨牌。我的罗比一点儿也不关心创什么纪录。"她的声音里充满了蔑视。

"那多米诺骨牌是用来做什么的？"我想让自己的声音听起来更有力，但我已经拿不出一点儿力气。无论她想告诉我的是有毒的谎言还是痛苦的真相，我都已经无力抵抗。

"83000是我们根据博克斯剧院的舞台大小算出来的。必须在那家剧院，因为那里有阶梯式的座位。你是在第二次遗忘后才想到这个主意的，然后就订购了我们需要的箱子、材料和其他的工具。但后来遗忘又发生了。就是第三次。多米诺骨牌发货的时候，我已经找到你了。于是我把收件人地址改了，把箱子全送到了这里，希望能……"她的眉头皱得深了，"我不知道我希望能发生什么。但在某一天，所有的箱子都寄到了。"她又以一种近似嘲笑的姿态耸耸肩，"然后给你写那封信的了不起的人显然决定把这些多米诺骨牌打造成一个特殊计划，还假装一开始就是他策划的。"她挺起胸膛，把手叉在腰上，声音里也有了底气，"但这根本就不是他的主意。这些多米诺骨牌只不过阴差阳错地到了他家门口而已。"

她就这样把对我来说最神圣的东西——那封信和多米诺骨牌的真相摔在我面前，毫无防备的我感到措手不及。"那么，这些多米诺骨牌到底是用来干吗的？"我走过去拦住她。我像她一样让自己的声音里不带感情，没有防御的意味，也不显得弱小。"如果不是为了破纪录，他到底想用它做什么？"

她看着我不说话，也许她后悔自己开了这个头。"为了一场表演。"她终于开口道，"我们要花几周的时间把多米诺骨牌搭起来，整场表演从灯光亮起到落幕只有八分钟。只有一首歌，不拍照，不摄像。就是这样。"她说着，嘴角动了动，似乎浮现出一个微笑。在这一瞬间，她放下了戒备心和蔑视。"头几分钟他先跳舞，轻轻拂过多米诺骨牌的表面，双脚从上方跳过，但落地时要踩到垫脚砖上。"她用一种新的目光环视房间，仿佛要在这个新环境中寻找一段失落已久的记忆。

当然了，这不是真正的记忆，因为没有发生过。但也许她的话重现了一个场景,过去的罗比——她的那个罗比用语言构建的场景。

"转身时,他的手在空中飞舞,"她继续道,"距离木板上的多米诺骨牌和舞台边的斜坡只有几毫米。然后他跳起来,他——"她结结巴巴地说不下去,眼里失去了希望的光彩。接着,她叹了一口气,艰难地继续,"碰倒一张牌,第一排多米诺骨牌就会随着舞蹈的节奏开始倒塌,形成一道波浪,在他舞步间起伏向前。多米诺骨牌倒向旋涡图案,他在垫脚砖上旋转着走过去,最后一道波浪朝着他奔腾而去,他和多米诺骨牌在舞台中心相遇,演出在此时达到高潮,在碰撞中结束。"她的目光扫过我们周围的房间,从记忆和幻想中醒过来,望向了我。"一共八分钟。单场表演,只上演一次,过后只能剩下记忆。"她张开双臂,仿佛要把这些多米诺骨牌都包括进去,然后挤出一个微笑,"想象一下。"

尽管这听起来很疯狂,但我多少还是能想象得出来。每一脚踩下去都像在水里溅起水花,多米诺骨牌也和涟漪一样由里向外散开,舞步转向,多米诺骨牌的波浪也随之向房间的各个角落滚滚而去,随即又紧跟舞者的脚步折返归来。

"这就是多米诺骨牌的用途。"她耸耸肩,"这就是多米诺骨牌的历史。"

我不怀疑她说的是真话。没人能编出这样的故事。而且它也符合所有的事实。但我不知道该作何反应。"这故事听起来——"我想了想该用哪个词,但想不出来,"奇怪。"

朱莉眨了眨眼睛。"奇怪？"

"我不是说我不相信你。我只是说这支舞蹈的想法。很奇怪，对吧？我没别的意思，只是这个想法很不寻常。"

她开始摇头，左右，左右。但她的眼睛一直盯着我。她的手在颤抖。

"怎么了？"我问。一秒钟前她的手还放在门把手上，我还在想她走了就好了。现在我却还在浪费时间。

"我真他妈的瞎了眼。我一直以为我爱的那个人，那个也爱我的人能经受一切磨难浴火重生，这个信念一直支持着我。我让自己相信一定有一些东西、一些灵魂的碎片，在你内心深处保留了下来。"她苦笑着，把头往后一仰，"我以为我在你身上看到了那种灵魂。那天，你谈到'美丽的坠落'和多米诺骨牌的计划时，我以为他还在你身体里。"她上下打量着我，噘起上唇发出一声冷笑，"即使现在，你身上也到处都是他的印记。"她气得弓起了背，"看你的脚，即使现在都会让我产生错觉。"

我低下头。"我的脚怎么了？"

"怪不得我被你骗了这么长时间。"她摇了摇头，"你的脚太完美了。一直都很完美。"

我不由自主地往后挪。她笑着指着我的脚。"还是那样！从第三到第四脚位！完美。你每次都这样。"

我又低头看着自己的脚，两个脚掌一前一后，均匀地承担着身体的重量。

这下我也看出来了。她是对的。完美。

我低垂着眼睛,从眼角的余光看到一个移动的影子。朱莉抬起两手,在我胸上推了一把。

她指着我的脚,再次露出笑容。我的站姿变了,一脚后退,踩稳地面,接住身体,抵住向后倒的力量。

"这次也一样!完美。你知道让身体形成这种习惯要用多长时间吗?你知道他,我的罗比,为此投入了多少年的心血吗?"现在这个名字变成了对我赤裸裸的打击。"就算只是在厨房做饭、从冰箱走到灶台、打开橱柜的时候,他都在不停地练习完美的脚位和手位。"她用手按着头,"那么长时间以来,我爱上的只是一个影子,那个完美的人,他的残像也那么美。"她把我从头到脚仔细地看了一遍。"即使现在,你也是一件艺术品。"她站直了身体,"属于别人的艺术品。"她咬牙切齿地说,话里仿佛能流出毒液,"由别人完成的艺术品。"

一阵安静。她仿佛在等我对她的挑衅做出回应,但我完全想不出该说什么。

她摇摇头。"我认识的那个罗比应该得到更好的葬礼。"眼泪从她脸颊上滑落下来。"奇怪。"她重复了一遍我用的那个词。"你不配做他的影子。"

我紧张地咽了一口唾沫。我应该庆幸,她终于明白我不是她爱的那个人,她只是在我脸上和脚上看到了她爱人的影子,给自己未尽的爱找了个寄托。

但语言是能伤人的。

"那么，你赢了。"她说。她用右手抓住左手无名指上的婚戒。"我放弃这个疯狂、愚蠢的梦想。"但她怎么拔、拧都没能把戒指取下来。"我靠。"她往手上吐了一点儿唾沫，抹到手指上。"我本来不相信遗忘能打败我们。但我错了。"她再次用力，想把戒指取下来，一边拉一边拧，这次终于取下来了。"你真是个空壳。"她把戒指往我脸上一扔。

我没来得及躲开。戒指打中我的脸颊，带来一阵轻微的痛感，然后弹开了。

朱莉突然愣住了。她似乎没料到自己会这样做。也许她不是真的想用戒指打我。她伸出手，胡乱地挥挥表示道歉。她的脸颊上还有亮晶晶的眼泪，但这不是为我流的眼泪，也不是为了她。她在哀悼一个人，永远消失的人。我只是误闯他守灵会的陌生人。

她把手提袋甩到肩上，转过身去。她一扭门把手，门就开了。我没想过要锁门。

"对不起。"她说。她低着头，背对着我，一只手拉住半开的门。"你不应该听到这些的。这样不公平。"她叹了一口气，"你没有做错任何事。我累了，没别的。我终于累了。"

她走了，门在她身后自动关上了。

一股强撑着我的力量瞬间消失，我颓然跪在地上。我已经预料到她会发怒，也为此做好了准备。但我没预料到她的轻视和最后疲惫的怜悯。她的话还在我脑海中反反复复地回荡。

"影子。"

"属于别人的艺术品。"

"由别人完成的艺术品。"

每一句话都以一种我无法理解的方式刺痛着我。朱莉看到了真实的我，自愿离开了我，我应该感到高兴才对。但这些话还是让我感到很受伤。

我挣扎着站了起来，走到门口，把门锁一道道地锁好。我的胸部仿佛在缩紧，我喘不过气来。就在一个多星期前，我推开了这扇门，将她迎进了我的生活。我们的目光相遇时，她就已经爱上我了。从那一刻起，每一天她都在增加对我的了解，结果，我们变成了两个陌生人。

我转过身，从门口回到房间里。一排排多米诺骨牌依然矗立在房间里，脆弱但安然无恙。这里就像一个战火纷飞的世界，故事变了，人变了，但这些小士兵还是平静地站着。我看不出有什么变化。

但我也能看出，一切都变了。

我从未质疑过多米诺骨牌背后的含义，直到几分钟前。现在我完全感受不到多米诺骨牌的重要性。朱莉意外地揭露出真相后，我曾经在它们身上看到的美，现在也失去了光彩。没人碰过它们，它们却已经倒塌。

走道边上，有个东西在阴影下闪闪发光。那是朱莉的戒指。我深深吸了一口气。小小的金属环和这里的环境很不协调。我的脸颊一定承受了朱莉那全力的一掷。在耗尽动力后，戒指本身的力量连一张多米诺骨牌都推不倒。

我把它从多米诺骨牌间滑出来，小心翼翼地拿起来——我就像是在对另一个人的工作、另一个人的希望和梦想表示敬意。戒指很小，但在我手里感觉很重。朱莉完全有理由生气。

我把戒指握在手里。我完全有理由生气。她给了我一个接一个的谎言，这是她的错。我们本来不必走到现在这一步。如果她能坦诚相待，一切可能就不一样。我沮丧得想要大吼。我摆脱她了吗？我觉得，此刻我被束缚得比过去任何时候都更紧了。

我把戒指在手里攥紧。我站起身来，踩着垫脚砖来到朱莉今天早上搭好的木板边。尽管她费了不少心思，她的多米诺骨牌还是摆得很业余。牌与牌之间的距离不一致，转弯的地方不平滑。这是她在我的雕塑上留下的印记。

我把这块木板和其他更大的结构相连的多米诺骨牌拿走，一拳下去，她的作品朝着四面八方倒塌下去，整块木板上的多米诺骨牌在一瞬间就都倒了。

过了一会儿我才发现，我以为我手上是愤怒带来的火辣辣的感觉，实际上是真的痛。我看着一滴血从指缝间流出，滴在多米诺骨牌上，就像一个活物一样滚动着。我松开手，看到闪闪发光的戒指沾上了一层血。由于我的手握得很紧，固定宝石的金属钩割破了我的皮肤，形成一道切口。看起来就好像被一把小匕首捅了一下。

这才是她留下的真正的印记。

我冲出房间，跑到阳台上，把拳头伸到栏杆外面。痛苦和羞辱让我的血液燃烧了起来——我可以摧毁这一切。只要张开手,我就能轻松把她从我的生活中抹去。她小心搭建的多米诺骨牌木板已经被毁了。现在轮到戒指了。接下来就是手机里的照片,该死,和手机一起,在下面的人行道上摔个粉身碎骨吧。然后是她留在我身上的味道,我可以擦洗掉。我可以把这些都毁掉,翻开崭新的人生篇章。我可以开始写新的日志。我可以把她彻底除掉。我有能力做出这一切。

我深深地吸了一口湿热的空气,向夜晚张开双臂,仿佛在献祭。我不能让未来的我被戒指和手机照片里迷人的笑容所诱惑。未来的我可能很想知道这些东西背后都发生过什么,然后试着去追寻历史。他有权得到保护。朱莉也有权得到保护。她光是现在就已经受尽磨难,如果未来那些忘记了这场伤害,也没有被她的悲伤和轻蔑的利箭刺伤的罗比再和她产生交集,情况只会更糟。

我的手掌在倾斜,翻转。有那么一会儿,戒指带着血,平稳地躺在我手里,然后才往下滑,滚落到空中。

不。

戒指落下时,我的另一只手飞快地伸了出去,以舞者灵敏的反应在空中把它接住了。它不能被遗忘,哪怕组成它的一个原子都不能被遗忘。还有那张照片、那部手机、那本日志更不能被遗忘。都要保持完整。这就是我的历史,未来的我应该知道所有故事。的确,这一晚新鲜的伤痛,两天之后我就会忘记,对此我无能为力。但我可以把这段人生留下来的东西传递下去。继承快乐的回忆和羞辱的回忆,哪一个更糟?我不知道。但我没有做决定的权利。

  我退了回去,把戒指塞进口袋。它将成为我的另一个纪念品。随着时间的推移,它的含义可能逐渐消失,就和其他纪念品一样,最后变得和那个小小的木头象一样神秘莫测。

  我最后看了一眼黑暗、炎热的夜晚。朱莉正在某处的黑夜里步行回家。她也带着这场灾难的纪念品——她手里的冰凉的酒瓶。要是她用酒瓶砸我,而不是用戒指就好了。我很乐意脸上留下一块淤青。

  我想到几小时前她从我身上唤醒的那种不现实的幸福感。我当时无法解释,只能理解为很久以前,我们成长,磨合,变成了伴侣。现在她走了,一切就变得清楚了。我们成长为适合对方的人,现在,我们都在为失去另一半而感到悲伤。然后,学会独自成长。

  东边的天空还是黑的,暗沉的云遮住了星星。我走进房间,把床垫从压坏了的箱子上扯下来,铺到地上,然后倒头就睡着了。

第 2 天

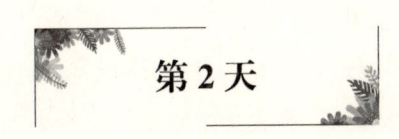

我很晚才醒过来。有那么一会儿，我懵懵懂懂，什么也不记得。随后回忆涌了进来，还是和之前一样让我刺痛。

朱莉永远地离开了，让我得到了自由——这就是自由的感觉。我嘴里有酸味。我还能闻到她的气味，洗澡也没能去掉。

这一天没什么要紧事。没什么值得记住。什么也没有。我做了运动，或者说做了一些类似运动的事。咖啡失去了魔力。我喝了半杯就胃疼，把剩下的倒进了洗碗池。把食物放进我干燥的嘴里，嘴里的酸味就变得更浓。朱莉这场风暴刮过后，我把废墟清理干净了，包括像一条小蛇一样蜷在我床单上的银链子，还有我放在牛仔裤兜和袜子抽屉里的两封信。这些东西现在都是多余的了。我慢慢地工作着，把多米诺骨牌一块块地放下去，摆好位置。手不听使唤，不停地碰到多米诺骨牌。我手指里的神经似乎麻木了。时间慢慢溜走，好像失去了向前流淌的必要。

朱莉告诉了我关于多米诺骨牌的真正作用，让我很恼火。实际上那封信没有撒谎。我看了一下，一不小心就会导致误读。之前的我解释了他设计开发的任务，但信里没说他是如何得到那么多多米诺骨牌的。是我理解错了。也许事实就像朱莉说的那样，多米诺骨牌突然出现在他门口，他只是把它们充分利用起来而已。谁都没撒谎。问题是，83790张多米诺骨牌并不代表任何纪录。

但那又怎样？摆那么多多米诺骨牌仍然是一项成就。我把信塞回信封里。我一时兴起，想把朱莉的戒指藏到别的更隐蔽的地方。我抑制住这个冲动，也把它塞进信封，和信放在一起。

一天的时间渐渐过去，我一直在工作。夜晚降临时，我的头痛和胃里反酸的烧灼感开始减退，好像一个更大的力量把疼痛的计量调小了。我累了。我又摆了一行多米诺骨牌就收工了。现在只剩下两箱多米诺骨牌了，加上堆在多米诺骨牌厅里的1000多张，总共不到4500块。

一天就这样过去了。这不是值得纪念的一天。但从眼下的情况来看，这样最合适。过去，我害怕最后一天的到来，害怕等待末日降临的感觉。而现在，遗忘几乎是一件仁慈的事。

第1天

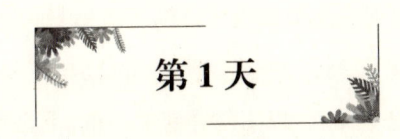

够了。

我醒来时发现床单紧紧地缠在我腿上,这不应该让我感到疼,但我还是觉得疼。

悲伤咬噬着我身体里的每一个细胞。也许,这是我活该。但对未来的我不是。这是我糟糕的选择和我犯的错误造成的,不是他的。我要用汗水和工作把它们排出体外。在我的新生命再次降临这个世界之前,我还有许多事情要做。

现在还早。光线从窗帘透进来,但初升的太阳还无法发挥全部的威力。我逼着无力的四肢完成了双倍的运动,仿佛乳酸的燃烧和疲劳感能带走失去她和赶走她的痛苦。但该做的事我还是会做。明天可能是这一切的结束和遗忘的开始,我还要把最后几个步骤处理好。

我把两箱多米诺骨牌拖进厨房,把曾经是我的床架的那些压弯了的纸箱压成纸板，叠整齐，靠墙放好。收拾厨房的时候——把食谱和其他纪念品放在一起——我伸手到冰箱顶，拿到的是需要另外归类的文件。装着离婚文件的黄色信封，还没有寄出去。离婚这事已经板上钉钉，但法律程序还没走完。

今天是最后一天，所以出门是有风险的。我随时有可能发病，被收住入院。但为了给未来的自己一个新的开始，我已经付出太多，不能留下这颗定时炸弹。文件必须在今天寄出。

我得尽力做好准备工作。我把所有必需用品都装进了背包。除了那份珍贵的文件，我还拿了回家的地图、日志、纪念品和那封信。如果我在安全回到家之前发病，至少我能有应付的装备。

现在出门还太早。周六，邮局在这个时候还没开门。我摆了几小时多米诺骨牌，然后出发了。越早完成这最后一项任务，我就能越早回家，安全待在我的小窝里。

天空中，云层又低又厚。仍然没有下雨，但持久不散的云层终于缓解了高温。空气闻起来有种清爽的味道，让人精神一振。

最近的邮局离这儿不到四个街区。如果我走得快一些，来回大约需要 20 分钟。头顶上的乌云看上去十分不祥，如果暴风雨最终来临，困住我可就不好了。给未来的自己的备忘录——买一把伞。

前方的邮局映入眼帘时，我心想，这是我最后一次记得这段路，下次我再走上这条街的时候，一切对我来说都会是新的。

这么一想，其实同样的事情以前一定发生过。过去的我肯定也是走这条路去给朱莉寄离婚文件。就和现在的我一样，会路过鞋店、慈善商店、银行、礼品店……

我停了下来,看了看店门口橱窗里陈列的小雕像、挂毯、捕梦网、钟表和雕刻工艺品。我脖子后面的汗毛竖了起来。凉爽的微风变成了冷风,传来另一个世界里的低语。

"就好像有人走进礼品店,看见什么就买什么。"当时朱莉说完这句话,就失望地耸耸肩,把那些纪念品扔到了一边。

我走进商店,门上的一个小铃铛响了。店里太安静,丁零零的响声能把人惊醒。这里有太多香薰蜡烛和散发麝香味的编织品,各种香味冲突混战,要比出个高低。一个年轻的女人坐在柜台后面的凳子上。她抬头对我微笑,表示欢迎,但我的目光越过了她,投向了靠近门口货柜上的一个小小的木刻大象。看起来很有非洲味,要我猜的话,也许是摩洛哥的。

我的心开始在胸腔里狂跳。我蹲在地上,从背包的纪念品里翻找。实际上我根本没必要对比。我在任何地方都能认出这件雕刻。但我心里有个声音在尖叫着否认:它和我的木刻不可能是一样的。我把我的木刻放在商店里的那个旁边。一模一样。

我抬起眼睛。货柜上陈列着数百件商品,有靠墙放着的,有挂在天花板上的。但我知道我要找的是什么——珠串手链,还有不远处顶针大小的水晶花瓶。我腰都没直起来就半蹲着走过去,从背包里找出相应的我的版本。它们全是一样的。

从花瓶到非洲雕刻,我把我的和商店里的都并排放在货架上。它们肩并肩地站着,一模一样,这些纪念品似乎失去了它们的个性。我无法否认,朱莉随口一说的话完全正确。

"呃。"我身后的售货员清了清嗓子,"要买点儿什么吗,朋友?"

"不。"我摇了摇头,不知道我是在回答她还是我自己,"不要。我什么也不要。"

在我视线下方的货架上有一块水晶石。至少这个物件,两个版本的相似度没那么高。但我内心那座装满了陈年旧事的小火山正汩汩冒泡,活跃程度和这里卖的小火山有一比。不远处,从天花板上悬下来的展架上挂着一些用粗皮绳拴着的铜制圆吊坠。就连刻在上面的外文也是一样的。我站起身,把我的那一块放在旁边的架子上。

只剩一件纪念品了。

"你们这儿卖钥匙吗?"我的声音在这家安静的小店里显得很大。

"钥匙?没有。"店主听起来很惊讶,"这些您是要退掉吗?"

"是的。"我慢慢地点点头,"是的,退掉。"

我把钥匙塞回口袋里,转身走了。我的脑子里跳动着各种问题。那些纪念品都是垃圾,没有记忆,没有历史,只是在附近的商店里随便买的。

但是为什么?

冷湿的风吹在我的脸上,提醒着我,不管过去的我出于什么原因把一堆无用的垃圾当作有意义的纪念品,这个问题都得等等再说了。

我拿着信封进了邮局。在一个下雨的周六早晨,这个地方空无一人。远处的墙上挂着一个亮红色的邮筒，旁边是几排排列整齐的黑色信箱。

如果不是我刚才把钥匙拿在手里，我可能永远也不会注意到这些信箱。我惊奇地发现，我每个月都定期向邮局缴费。大概就是这个邮局。信里提到了我缴的各种费用，包括杂货和电费。

我把信封夹在腋下，然后从牛仔裤口袋里掏出钥匙。我用手指按了按它锋利的边缘。钥匙没怎么用过。在刺眼的荧光灯下，我能看见刻在钥匙上的数字。289。朱莉关于其他纪念品的看法是对的。它们是被随意收集起来的毫无意义的东西。这个除外，当时她边说边研究着这个数字。她认为是公寓门牌，或者储物柜编号。

或者是邮局信箱。

我站在一堵墙一样的信箱面前，上下打量。我真想不通，为什么要把东西放在盒子里，然后把钥匙留下，却不告诉自己这个钥匙能打开什么。为什么要把钥匙和一堆愚蠢的小玩意儿放在一起？

也许我已经知道答案了。我不是昨晚才经历过同样的诱惑吗？我差点儿把朱莉的戒指扔到黑暗中，我想为未来改写过去。但有些东西在传递给未来的时候是要承受痛苦和风险的，比如戒指。未来的我也有权知道戒指这类东西的故事。

如果过去的我有足够的勇气坚持保留过去的真实记录，但没有足够的勇气传递呢？他就会把这些记录藏在一个带锁的盒子里，用钥匙锁起来。然后他把钥匙传递下去，对盒子里的东西只字不提。为了稳妥起见,他还把钥匙和一堆毫无意义的小玩意儿混在一起。把一棵树藏在森林里,还有比这更高明的办法吗?

我扫了一眼那些信箱。编号从左上角开始,越往右数字越大,共有三排。289。这个信箱在最上面一排,几乎和我视线平行。我把钥匙插进锁眼。钥匙平滑地插了进去。一切希望就在这把钥匙上。

然后,钥匙转动了。

我打开那扇小门,看到里面是一个很深的长方形空间,四壁都是黑灰色,把信箱内部笼罩在阴影中。即便如此,里面的那个小东西仍在反光,对着我一闪一闪的。这是一个金属圈,光滑闪亮。

好像是戒指。

我把它从这个藏身处拿了出来。它比朱莉的戒指更大、更简洁。我也把朱莉的戒指从背包里拿了出来。这两枚戒指交叠在一起,躺在我的手掌上,组成了一个不完美的无限符号。天生一对。

你无法逃避真相。上一个我对我隐瞒了过去。朱莉的话在我脑海中回响,她不可能把所有事实告诉我,换成别人也不可能。没人能在完整地复述历史的同时不去担心它会影响到未来。我们都在隐藏、保护和忘记。她说这些话的时候,我是相信的。我只是没想到我也适用这句话。还有过去的我。没有人做到绝对诚实。尤其是我们。

我感到一阵恼怒。上一个我没有勇气扔掉他不想让我知道的一切。他只是把过去藏起来了。

我用力咽了口唾沫，平复我的情绪。我还有更重要的事情要办。在阴影中还有其他东西。我把这对戒指塞进口袋，把手伸进信箱，手指抓住了纠结成团的绳子和其他东西。我把它拉出来，一整团东西就一起出来了。

一双黑色的鞋子松松地和一根白色电线缠在一起，后面通过电线连着一个细长的物体。一个音乐播放器——我知道这是用来做什么的，我只是不知道我是通过记忆还是推理来知道的。

到底是怎么回事？戒指的事我明白了。上一个我担心现在的我不会按信里指明的道路走下去，而是会顺着金光闪闪的白金戒指找到那双灼灼的绿眼睛，徒增不必要的风险。所以他赶走朱莉，寄出签好字的离婚文件。如果他给我留下戒指，就等于留下了最诱人的线索。但一双鞋和一个音乐播放器又有什么用意？

我解开鞋上的电线，第一眼看上去，这双鞋很新。我仔细看过后发现，鞋子护理得很好，尺寸看起来很合适。那么，这是我的鞋子。

我坐在地板上，把又脏又旧的运动鞋蹬掉，穿上新鞋。是的，很合脚。我系紧鞋带，一跃而起。穿着这双鞋站着感觉有些奇怪。我变得更高了。我好像飘浮在地板上。

我在地板上踏了一下，发出响亮的"啪"的一声，回荡在空旷的房间里。我感到脸上露出了笑容。我又踏了一步，这次速度快,"啪"的一声在房间里回荡,我笑得更开心了。一股让我感到陌生又亲切,也很熟悉的激情向我袭来。跳舞的那天晚上,我也有同样的感觉。

这就是上一个我没把这双鞋留给我的原因。他担心这双鞋是为我订制的。更重要的是,他担心我是为了这双鞋而生的。舞鞋不适合他打造的生活。他最好控制住局面,不能让我走向一个与他设定的路线相反的方向。

他。不是我。他甚至不是"过去的我"。如果把写信的人想象成那样,就没有意义了。我和他更像是有共同利益的某种联盟关系,我心中燃着怒火,火焰比以前都要旺。这件事比把婚戒藏起来更严重。藏匿婚戒的借口,不管我能不能原谅,至少能够理解。但鞋子就是另一回事了。鞋子只和我自己的历史,我过去的成就和我的现状有关。

我把音乐播放器拿过来,翻到正面,按了按旁边的按钮,屏幕就亮了。我知道怎么用。我当然知道。这毕竟是我的。

我滑动手指,打开歌曲列表。里面没有正规的歌曲名或艺术家名字。最上面一首歌的名字是 JEZDmnsMxFnl15Apr。之后的也是一样——难懂的字母加数字。

其实不是,一点儿也不难懂。含义在我的脑海中闪现。这和记忆无关,靠的是感知。我记忆受损,导致我忘记了一些事情,但我还有技能,还有解读能力。我能看懂。我深深吸了一口气,又看了一遍歌名。这一次再清楚不过了,把这串组合中间的字母补足元音后,结果让我心跳加速——《多米诺骨牌混音最终版》。

眼前的事实让我双腿一软，我只得盘腿坐在地上。我手里拿着的，就是朱莉说的，那场表演的配乐。那场与我搭建的多米诺骨牌相结合，仅有一次的表演。看来，我在遗忘发生时就在听这首歌，也许那一刻我就在练习那支舞。

想到这里，我感到身上发冷，同时又很兴奋。我把耳机头从那团白色电线里抽出来，塞进耳朵里。

不能在这里。

我急切地想要扯下蒙住我双眼的眼罩，看到被隐藏的真相。但我想在听到每一个音符时，也能自由地回应那些音符。我想要被感动。

我把这些东西都塞进背包，包括离婚文件。在掌握所有相关信息前，最好不要采取任何不可逆转的行动。我越来越确信，我还没有掌握所有的信息。

钥匙还插在那里，它的使命已经完成。邮箱门朝着世界敞开了。

我大步走出邮局，风吹着我的衬衫。我穿着新鞋，每走一步都觉得敏捷有力。走出去半条街，我就把旧运动鞋扔进了垃圾桶：旧鞋不适合我，以前也不适合我，从来都不适合。

我急匆匆地往前赶，细细的雨点落在我的脸颊上。家似乎离我很远。我的脚——我的鞋子——骚动着，不甘心只走路，我也想知道它们到底有什么能耐。街对面公园深处的角落里，我看到一个非常隐蔽的篮球场，完美。

我走上球场，脚下的地面感觉很平整。我把背包放在一条长凳上，往球场中间走去。这些白色线条似乎把我围了起来，就像照亮舞台中央的脚灯。

我按了一下播放器，屏幕就亮起来了，显示出上次播放的那首歌——《多米诺骨牌混音最终版》，仿佛它已经为迎接这个时刻做好了准备。

我的手指悬在播放键上方。前天晚上那种即将跳下悬崖的感觉又回来了。但这次和在舞厅时不一样。在舞厅里，朱莉就像木偶戏演员一样，在众目睽睽之下操纵着我，表演我的历史。这次我是一个人。这世界上再没有其他人知道，或在意我此时的行动。我超越了朱莉，甚至也超越了那个写信的人。

我闭着眼睛，站直身体，感觉自己在宇宙中心。灯光渐暗。深深吸气，空气填满了我的胸腔。我猛地睁开眼睛。我按下播放键，把音乐播放器别在牛仔裤上。

呢喃细语般的噪音传入了我的耳朵。节拍奏起，音调升高。噪音变成了音乐。杂乱无章的声音变成了节奏。音乐仿佛听我指挥，在我体内流动。我能在肺里感受到鼓点，嘴里和唇齿间尝到吉他。音乐和我渐渐相融，我的意识边界颤抖着，最终灰飞烟灭。我无意识、无目的地迈了一步。

篮球场被雨淋湿，踩上去有些打滑。我平滑的鞋底擦过地面，我的手臂、手腕和臀部跟随着舞步变化。我旋转着，溅起水花。我完成了每一次转圈，找准了所有的角度。没有哪块肌肉能孤立地工作，每一个动作都动用了整个身体。这就是我的舞步。

我的。

然后就不行了。之后一个动作我含糊了一下，不再流畅，我跳不下去，只能停下来。音乐还在继续。一个小错误没纠正过来，整套动作就毁了。

再来一次。

我回到球场中央，重放音乐，迈出第一步。

这次我差一点儿就成功了。

音乐再次响起，我狼狈地赶着跟上。我回到球场中央。我不可能一下子把舞步全想起来，我需要时间。

我一步一步，探索着向前，有时能轻松肯定地进入下一个动作，有时中途卡壳，又回到中圈重新开始。每次我都更进一步，完成更多连贯的动作。

慢慢地，我的舞步间涌动起一股新的力量。每一个动作背后都有目的和欲望与本能的推动。我每一次挥动双臂，面前的世界就为我退开一步，仿佛能与我和谐相容。我踩着一条连接古老文明的长线[1]，舞蹈势不可当地从滑步中流出。在我的嘴里，从舌尖到喉咙后部都感到一阵酥麻，这是我从未有过的感觉。

掌控权的味道。

我毫不怀疑这就是朱莉说的，在摆满多米诺骨牌和垫脚砖的舞台上表演的那支舞。两脚踩在特定的位置，随着舞蹈的继续，每次落脚点都是固定的。我试着在地上标出相应的位置，在心

---

[1] 即 Ley Line，一位业余考古学家在 20 世纪 20 年代提出的一条假想线，在这条线上分布了众多古文化遗址。

里画出一幅路线图。但球场地面太湿滑,我画不出任何痕迹。

但我还是接着跳。重复后,上次卡壳的地方就能顺利通过,我的四肢会找到前进的路。时间慢慢过去,节拍不断,我揭开了被历史隐藏的秘密。

我有权拥有这一切。也许朱莉不会同意;也许她会说,这是别人的艺术品,由别人完成的。但这是我发现的。这段舞本来就藏在我的身体里,现在已经回到我手中。谁先找到就归谁。

辉煌的旋转进行到一半时,音乐声停了。我自己没停,伴奏却停了,这还是第一次。我看了看播放器,屏幕上一片空白。电池没电了,怪不得。这东西被藏了几个月,其间电量一直在减少。

我突然觉得胸口一阵发紧。万一我没法充电怎么办?这个播放器看起来和朱莉给我的手机是一个牌子。我把它翻过去——充电口是一样的。运气真好,朱莉给我的那个充电头能用上,而且……

我真傻。

这和运气没关系。朱莉给我的不是她的旧手机。她给我的是我的旧手机。那只是她的说辞。我感到一阵轻松,拿起背包就往家走。

我快步走过公寓楼大门,一步跨过两级地从防火梯上了楼。进入公寓后,我几乎是跑着穿过多米诺骨牌厅,进入厨房,直奔充电器而去。成功了!电线一插进这台新设备,屏幕就亮了。我向四周看了看,移走几件家具,厨房就该够大了。能行得通。

我把餐桌拖到卧室前的走道里，侧立起来靠墙放着。湿漉漉的衬衫贴在我身上，我把衣服和湿透了的鞋都脱下来，用毛巾把鞋子尽量擦干，在浴室兼洗衣房里凑合着搭起来一个架子，让干衣机的热风也能吹到鞋子上。

我洗了一个热水澡，驱走身上的寒意，套上运动服就回到了厨房。音乐播放器充电的速度慢得看不出来，全然不顾我正在飞速逝去的光阴。

我从眼角瞥见一幕陌生的画面。在公寓另一头，我的大门半开着。我进家后不仅没顾得上锁门，连门都没关严。我走过去把门关上，几道锁锁好，挂上防盗链——这是我记忆中第一次这样做。然后我做了一件我从没做过的事。

我把老虎锁的钥匙从门上拔下来。我本来想把钥匙和日志放在一起。

上一个我为了不让我还没搞清楚情况就到处乱跑，就把公寓钥匙和信放在同一个信封里。我低头看看手里的钥匙，突然领悟到，门上的锁不仅是为了不让别人进来，更重要的是不让我出去。

我用全新的眼光把公寓扫视了一遍。桥、木板和多米诺骨牌只是一幅模糊的图画，机关结合，精巧细致却不堪一击。如果朱莉说的是真的——在这一点上，我现在没有理由怀疑她——那么舞蹈应该不会在一个偏僻的篮球场或厨房里上演，而是在这里，在这些脆弱的多米诺骨牌中间。这就是当时的我设想的场景，那个写信人、之前的我、那个舞者、朱莉心爱的罗比。

他的计划是用这些多米诺骨牌作为场景，展现出一些有生命力的、美丽的东西。

但现在我搭建起来的是什么？只是一个纪念品、一个牢笼，再无其他意义。

我就像一个听话的囚徒，受着钥匙和那封信的管控。上一个我为了控制未来而隐藏了过去。由于对朱莉的愤怒和一开始的日子里孤独无助的恐惧，他建立了一个以安全为重、与世隔绝的缩小版的个人生活。但他怎么可以用这些选择把未知的未来也禁锢起来？

我握起了拳头。他这样做的理由和朱莉的没有太大的区别，但她犯下的过错只是疏忽，上一个我是故意的、积极的、深思熟虑的。该死，他布下了一个很大的局。也许我的愤怒是不公平的。也许朱莉是对的，人人都有疏忽的时候，包括我自己。我曾因为她没能达到我的标准对她大发光火，但我自己也达不到。这次，我没法把怒火发泄到任何人身上：之前的一个我早就消失了，只有我还在，还执着于他为我设计的生活，发着无用的火。

也许我发火也不是完全没用。毕竟垫脚砖不是焊死的。现在来改造整个多米诺骨牌建筑的结构已经太晚了，但只要修修补补，就能达到另一种效果。反正我还有时间。播放器还在充电，我的鞋子还没干。

我从卧室里拿来工具，把垫脚砖撬起来。把它们拿走就要把一组多米诺骨牌重新摆放。把我精心设计和搭建的多米诺骨牌推倒，破坏整个坠落计划让我很心疼，但我的新计划能把垫脚砖利用起来，跳舞时用得上。它们再也不是在监狱里散步用的小道了。

电钻在我手里转动着，我像着了魔似的投入进去，或者说我是孤注一掷。

头一小时我几乎都在埋头工作，然后我去看了看音乐播放器。电量还是很低，但只要连着电源就能用。在浴室里，我的鞋还是湿的。我找了一双厚袜子，然后把鞋穿上了。穿上这双鞋，我的体态就变了。我变得警觉、敏捷。

我把播放器拿到厨房餐台上继续充电，用播放器的小喇叭放音乐，没用耳机。声音很小，但对我的目的来说足够了。我按下播放键，大步走到房间中央。乐声响起，我随之舞动。我周围的墙壁不再是这个空间的界限，只是框架。

我很快就达到了在公园时的进度，然后继续向前推进。每发现一个新动作我都欣喜若狂，就好像是对上一个我的谎言和诡计进行了报复。他尽力想要控制我，让我成为他的傀儡。他写下那封信，留下那些多米诺骨牌，藏起钥匙，买来一堆可恶的毫无意义的纪念品。他把我困在这所公寓里。现在，我打碎了铁窗。每一次呼吸间，我都在远离他为我设定的道路。我生命中所有能称得上胜利的事，一定会被他记录为"失败"。

一次跳跃后，我在落地时发生了错误，舞蹈只能停止。该死。到现在为止，我已经在同一个地方出了三次错。我起跳后，双腿收拢，这是一个华丽的动作。但落地时，我每次都踩错地方，离我在厨房地板上估算出来的垫脚砖的位置很远。

快一点儿，下次快一点儿。

我有一个想法，也许可以加快整个过程。也许我能让我健忘的大脑靠边站，让身体自行完成舞蹈。我关掉音乐，加快舞步速度。失败了。跳跃很完美，落地则完全相反。我偶尔犯错的动作都是无意中的小错误，但这一落地感觉完全不对劲。我伸直、弯曲了一下双手，想办法解决这个问题。可我被挫败感包围，肚子也在咕咕抗议。我这才想起来早饭后我就没吃过东西。难怪状态那么差。

我一边吃三明治，一边摆多米诺骨牌。朱莉要是看见会喜欢的，我正在进行一项疯狂的新计划。

这是一个愚蠢的想法。对这里的任何东西，朱莉都不爱了。但在过去，在已经回不来的日子里，她是会喜欢的。她曾生气地揪着"奇怪"这个词不放。

我还是可以表现得很奇怪。我表现得奇怪时，感觉却很舒适。即使我和朱莉已经一刀两断，我和她的罗比之间也还存在某些联系。

我又是跳舞，又是摆多米诺骨牌，不知不觉中外面天色暗了下来。时间不再以秒为单位，而是在一个个小任务和一杯杯咖啡中流逝。光线更暗了，我不得不打开吊灯，然后又去摆多米诺骨牌，希望利用这个间隙休息后，我的头脑能更加清醒，解决跳跃和落地的难题。我又搭起了角落上的一部分多米诺骨牌，然后是墙上的一小片。我不假思索地拿走隔挡，继续下一组多米诺骨牌。

但已经没有下一组多米诺骨牌了。地板上重建的部分都摆好了。我太专注了，忘了看自己的整体进度，现在所有改动的部分都完成了。需要重建的多米诺骨牌本来放在房中间的走道上，现在都没了。唯一还需要填满的是裸露的一小块地面，那里就像大海上一个突兀的孤岛。

经过几个月的计划、几个星期的建造和摆放，还有几小时的重建，我只剩下几分钟就能成功了。我把最后一批多米诺骨牌拿出来放好。这个时候我不能再突发奇想地做改动了。把最后这部分加入整个建筑群，就像放下一张巨大拼图的最后一块，胜利的时刻来临时，我不用做出任何思考。

我成功了。

我慢慢地转过身，沉浸在这完满的一刻中。成千上万的竖立的小方块。奇怪的螺旋图案、宏伟的结构和桥梁简洁的线条。把穿插其间的纸板拿走后，这座建筑看起来单薄、脆弱。只要碰倒一块多米诺骨牌，就会引发一道美丽的摧毁浪潮，让我面前的83790块多米诺骨牌全部倒塌。

下午变成了晚上。我给自己做了一顿简单的晚餐，又喝了一杯咖啡。是时候攻克舞蹈的问题了，而我的头脑出奇地放松。失忆症的威胁从未显得如此遥远。我很难相信明天遗忘就会袭来，然后这一切就要结束。

我几小时的练习没有白费。我顺利完成了开场。我的身体渴望跳舞，情感和诗歌流淌在我舞动的每一刻中。然后就到了跳跃后那个难对付的落地。这次还是一样，跳跃感觉很完美，落地却糟到了极点。

我在房间里一边踱来踱去，一边想办法。也许我可以从落地的那一刻开始，从那里开始分析，也许之后我能倒回去研究这个动作和其他动作的联系。

这个办法一开始进行得很顺利。我把音乐设定在跳跃前，我用之前发掘舞步的方法摸索之后的动作。首先是位置，其次是力量，再次是诗意。

但是有一个问题。新的舞步用不到现存的垫脚砖。跳跃之后的每一次落地似乎都需要一块新的垫脚砖。我突然意识到，也许跳跃落地的一刻，正是我推倒多米诺骨牌的一刻，这也就解释了为什么我之后能跨过垫脚砖。

可是，不对。在多米诺骨牌倒塌的过程中，我要么被多米诺骨牌砸中，要么就会踩在多米诺骨牌上。

我每走一步，挫折感就更强烈一分，让我胃里发紧。我对舞蹈后面的部分越有信心，前面部分的不和谐就越让我费解。

如果朱莉在，她就能给出答案。又是一个无用的想法。我咬着牙，继续着舞步。很快，刚跳了两分钟，同样的问题又出现了。我落脚时踩在了错误的位置上。之前感觉很流畅，直到这一套动作——单腿伸展做一个缓慢的旋转——做了一半就出错了。其实，我刚出脚就出错了。

我关掉音乐，深深吸了一口气。时钟显示 8 点。几小时后，这一切就将烟消云散。在那之前我只想做好这一件事，这个要求绝不过分。那个舞者的我在最后的日子里为能在聚光灯下，面对陶醉的观众献上终极表演而做出了不懈的努力。现在的我野心要小得多，我只想做好这一件事，一个人，在我的厨房里。

半个小时来我一直皱着眉头，现在前额酸痛。我深呼吸了几次，又揉揉额头，以缓解肌肉的酸痛感。

会不会是我错了，这不是朱莉告诉我的那支舞？这毫无道理。首先，所有的脚步落点都在地板上特定的部位。其次，完成那些舞步后，我的脚每次都能落在正确的位置上，不用多余的滑步。这都表明，这支舞蹈是依据垫脚砖的位置设定的，这就是为那些多米诺骨牌而设计的舞蹈。

我挺起胸膛。我回想了一下开始时的舞步，用铅笔在地板上标出了垫脚砖的位置。这样我就有了一张固定的地图，能看清舞步在舞台上的排列。结果正如我想的那样：跳跃、落地后，接下来的舞步都是错的，都在我用铅笔画的圆圈之外。

好吧。我得智取。如果这件事很重要，就值得灵活处理。我把压平了的纸箱找出来，铺在厨房地板上，就像一张巨大的拼图。我用工具箱里的螺钉把落脚点连接了起来。

这次我完成了跳跃之后的第二部分，把落脚的位置在纸板上标记出来。但我每次落地和旋转的时候，纸板都会动，于是我在纸板上剪了几个洞来标记脚的位置。现在我跳舞的时候，脚不必踩在纸板上。

没错，落脚点是不一样的。纸板上的洞和地板上的铅笔记号不一致。我在房间角落里颓然坐下。如何才能解开这个谜？

我真想不通。

除非。

我把纸板拖过地板,让最近的一个洞和地板上最近的铅笔标记对齐。其他洞不匹配。意料之中。不过,有几个比较近的洞相距不远——我只要固定一个角,其余部分转动一下。我抓住纸板的两个角,顺时针转动。

我肺里的空气仿佛被抽光了。全部一致。十几个圆洞和十几个铅笔圆圈完美重叠。

这意味着什么?

一个简单的解决方法出现在我脑海中。我跳到半空中时,我下面的整个地板——多米诺骨牌、垫脚砖等一切——转动了,我落地时能精准地踩在重新布局的垫脚砖上。

只不过这个方法很蠢。

我来回旋转着纸板脚位图,看着圆圈完美匹配。看起来真的很像有某种力量把地板往一个方向推动了……

不!这股力量没有推动我下面的地板,却推动了我。

这是一支双人舞。在那个重要时刻,我朝着危险的方向一跃而起,眼看就要坠落在一触即溃的多米诺骨牌海洋中。这时,另一个舞者不知用什么方法对半空中的我施加外力,让我转身后安全降落在垫脚砖上。

无奖竞猜我的舞伴是谁:肯定是她,非她莫属。

之前我想知道朱莉是否知道答案。但她就是答案。也就是说,这支舞蹈永远无法完成。

绝望感突然袭来。12小时的找寻和发掘，我最后得到了什么？什么都没有。多米诺骨牌已经建好，但舞蹈永远无法上演。

已经很晚了。我准备上床睡觉。我关掉了所有的灯，只留下厨房餐桌上的那盏小灯。在一圈小小的灯光下，我坐下来写这一天的日志。这是我最后一次写日志。除非明天我能抽出时间写一写等待末日来临的体会。也许这是个坏主意。不把这种事情记录下来，对未来的我来说才是善良的。

我坐在那里，空调的凉风渐渐带走了我因劳累产生的燥热。我的肌肉紧绷、酸痛，皮肤起了鸡皮疙瘩。我写啊写，写得越多，感觉越奇怪。一切都变了。纪念品没了，但多了两枚戒指和一双鞋。我都干了些什么？在街上行走，在雨中跳舞；对信发火；忘记锁门。

我身上发生了什么变化？

我有了新的想法。一些计划外的东西。我从点滴开始，变得越来越不像给我写信的人希望创造出来的那个人。我想着他计划中的一切，又生气又难过。我们两个人似乎隔着时空怒目而视，都很失望，因为对方没达到自己的期望。今天早些时候，我还为逃脱了他的牢笼而感到自豪。可是我又在做什么呢？我不是也在尝试同样的计谋吗？

同样失败的计谋。

这个发现让我感到很紧张。我做的不正是给未来的自己戴上脚镣手铐，让他屈服于我的意愿吗？我想得到什么样的结果？也许我能控制住他，但一段时间以后，一些美丽的事物会吸引住他。一支舞蹈、一个女人。到那时,我的那些脚镣手铐就会变成像纸糊的一样。他将轻松挣脱,走向一个新世界。

就像我一样。

我自己的计划行不通,我就是活生生的证明。如果计划失败,我不能平稳地度过明天,那么明天我就会死去,即使有晨间运动、多米诺骨牌和日志,也帮不上忙。我喉咙发紧,呼吸短促。但我还是拿起笔,坚持把它写下来,作为最后一课传递下去。

我失败了。

我无法再继续。任何补救的方法都没用。即使我现在就停止记录,也不会改变什么。

第0天

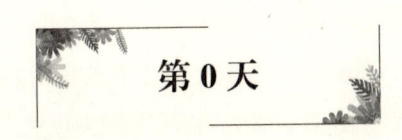

我猛然意识到,我把整件事搞反了。

我不得不给她打电话:朱莉。

我起床的时候,房间里依然黑暗。阳台上空气滞重,饱含水分,天上雨云不散。黑色的天空在东方一角亮起了红光,这是我最后的黎明。我一边小口喝着咖啡,一边回想着把她赶走是多么愚蠢,多么自找苦吃。

我不由自主地背离了过去的我为我铺就的道路,未来的我也会因为同样的爱和诱惑而偏离正轨。同样的爱和诱惑。这就是重点,在这里,也只有在这里,才能找到生存下去的希望。

朱莉就是未来,她就是生命线。

当然了,回头草不好吃。我不仅把她赶走了,我还让她意识到她爱的那个人已经消失在历史中了。但现在我想知道她的想法。我已经变了,我已经变成了新的我,或者,我变回了旧的我，也许朱莉见过这样的我。

她还会关心我吗？说出口的话就像泼出去的水。不过，如果我能说服她，让她过来，让她看看这支舞蹈，也许她能从舞蹈和多米诺骨牌的新设计里看到她当年的罗比的影子。反正，决定权在她，而且她能在知情的情况下做出决定。

现在打电话还太早，于是我开始专心晨练。要想让朱莉看到当年的罗比，那支舞必须尽可能跳得完美。当然，要达到完美实际上是不可能的。那个缺席的舞伴让我的半空转身变成了一个不小的问题。到时候，我只能硬着头皮继续，在哪儿落地，就在哪儿继续。

我尽我所能把舞跳了一遍。我越是心急，时钟的分针就越是懒得动。每次我抬头看钟都只过去了几分钟，我越来越不耐烦，只想快些给朱莉打电话。

管它呢！

现在才6点半，但我一秒钟都不愿再等了。遗忘随时可能来临，再继续拖下去，我可能什么都见不着了。无论如何，朱莉都能理解我怎么会破天荒地那么早打电话来。我还没去想该说些什么就按下了号码。拨通了，我咬着嘴唇。

电话响了。

电话响的时间太久了。我慌张地联想到各种可能。我颤抖着深深吸了一口气，等待着。我至少得给人家时间先醒过来。

没人应答。

还是没人应答。电话响了又响，但没人接。这么长时间足够她起床了。即使她出去了，她也会带着手机。也许她决定不接我电话。我的确不能怪她。

我按下重拨键，继续等待。我把另一只胳膊伸直，弯曲到脑后。她说过，这是舞者的习惯，紧张的时候做拉伸的动作。

电话响到停都没人接。

等等。朱莉把她的座机号码写在名片背面了。我哆哆嗦嗦地按错了号码，挂掉，把数字一个个地按下去。电话响了。又响了一声。最后响到停。

没必要惊慌。她可能在洗澡或者……在做其他事。我又打了一遍。两个号码都打了。没人接。也许她出去了，把手机放在家里充电。

在乌云密布的早晨6点半摸黑出去？得了吧。她只是不想接电话。

这是两种解释中更好的一个。另一个我想都不敢去想。我只要一想，就能看见一只手紧紧抓着绿色香槟酒瓶的画面。一瓶酒就可能引发一场灾难。在我的想象中，她从走出我的家门就没停过喝酒。

我放下电话，在衬衫上擦了擦手，我手上黏黏的。我在房间里走来走去，尽管温度不高，我的后背和前胸还是在冒汗。朱莉可能被我说的话逼上绝路，醉倒在了浴室的地板上。

我过半小时再试一次。这是我能想到的唯一办法。如果到那时她还不接电话，我必须果断采取措施。

为了遵守这个计划，我差点被憋死。我吃过早餐，洗漱完，时钟就像停了一样。我又干了些杂事，那一刻才终于到来。我给她的两个号码打了两次电话，都没回音。

我必须去她的公寓。也许她不在那里。她甚至可能不在这个地方了，但我没有别的办法。我不知道我能不能帮助她，或者她是否允许我帮助她。至少我能告诉她，她对我的了解是对的。如果她拒绝我，那是她的选择。我欠她太多。

做出决定后，我便尽力做好准备。遗忘随时可能发生，这时出门绝对是疯了。但这并不意味着我不能灵活处理。我换了衣服：穿上紫色衬衫，套上黑色皮鞋——这可不能马虎。考虑到雷暴雨的威胁，我把日志、手机、信，还有回家的地图都装进一个塑料袋。要把两枚戒指和这些东西放在一起吗？这感觉不对。我的手指痒痒地想要至少试试我的婚戒，感觉它滑进我手指上勒出来凹痕。只是想感觉一下。但我没权利这样做。我从厨房抽屉里找出来一根绳子，把两枚戒指穿起来，挂在脖子上。

我走到外面，一阵细雨冷冷地打在我脸上。我走得很快，更多地是在担心朱莉，而不是我一人在外面时突然发病。我来到她住的地方，大步穿过走廊，敲响了她家的门。

没有回应。

我从敲门变成了捶门，还大声叫喊。她会不会正站在家里，固执地抱着双臂？还是倒在浴室地板上昏迷不醒？我捶得更响了。我绝望地扭了扭门把手。门纹丝不动。

我考虑要不要在门口等她。但我不能确定她很快就会回来，甚至不能确定她会回来。即使她回来了，也可能是在我发病之后，我会变得懵懵懂懂，对她毫无用处。我重重地敲门，这次响声更大。如果她醉得昏过去，可能会很危险。饮酒过度可能致死。

我叫她的名字，大喊她的名字。我希望她的邻居能出来看看到底这里在搞些什么。然后我就能问他们知不知道她去哪儿了。但没人出来。除了我发疯似的敲门喊叫以外，没有任何动静。

最后，我没主意了。我退回到黑暗的走廊里，血液冲击着我的头，我双腿发软，跪了下去。"我愿意撒一千次谎，放一千把火，违反一千条他妈的法律。"她曾说过，"你会有什么不愿意做的吗？"我回头看看那扇门。我从里面看过这扇门。门锁就在门把手上方，锁舌滑进一个由螺丝固定在门框上的锁扣盒里，不是滑进门框里。

我闭上眼睛，弯下腰。我估算着从这里到门口的距离，不是以米为单位，而是以脚步和呼吸数。我把十多种破门而入的方法在脑海里过了一遍，想象如何用全身的力量撞击走廊尽头的那块木板。

我像一个短跑运动员一样起跑，冲过走廊，跳起来，身子一扭，一脚踢中目标。这侧身一踢结合了肌肉力量与速度，结果在一阵响亮的破裂声中，门开了。木屑飞得到处都是。我摔倒在地上，但马上就跳了起来。

"朱莉？"

我只想听到她出声儿，骂过来也好，醉醺醺的呻吟也罢，什么都行，但我听到的只有雨打在她公寓窗户上的声音。暴雨终于下起来了。我提高嗓门儿:"朱莉?你在吗?"

不光是门,公寓里也已经一片狼藉。家具被推翻,她的小桌子上的东西也全被推了下去,地板上散落着生活爆炸后的碎片。我走在地毯上,只听见碎玻璃嘎吱作响,我试着不去想这些碎玻璃很像我送给她的香槟酒的酒瓶。这是人生被强制重启后留下的惨烈场面。

我走进卧室,又走进浴室。也许我会发现她吐了一地,昏倒在瓷砖地板上,但至少她还活着。至少她会在这里。

她不在这里。公寓里空无一人,一片寂静。唯一的声音是爆炸般的雨声。

我的腿像灌了铅一样沉重。我在朱莉的床边坐下来,旁边是一个打开了的行李箱和一个大帆布包。看来,她把衣服全都拿了出来,但都乱七八糟地堆在地上。那两个旅行袋只装好了一半。

这么说,她还没有永远离开这个城市。至少现在还没有。但这也说明她在外面的某个地方。我在公寓里走来走去,扫视着四周零落的物品,我也不知道自己想找什么。客厅里没什么发现。但是在厨房里,我看到角落里有一个酒瓶。

波本威士忌——空的。

一阵响雷;我身上起了鸡皮疙瘩。雨水从客厅窗户底部哗啦啦地打了进来,那是朱莉坐着抽烟的地方。我把窗户关紧,雨水砸在玻璃上。朱莉在暴风雨里挨淋,我几乎能肯定她这时已经灌下去一瓶或更多波本威士忌。她会在哪里?这里一定有什么东西,什么都行,能提示我她的行踪。

我在这些杂物里又翻又找,搬起来,打开,挪开。我在沙发后面的地板上找到了她的手机。屏幕上布满了网状的裂纹,我按下主屏幕键,但手机没电了。所以,她一直没接我的电话。

她的桌旁有一个小垃圾桶,突兀地独自站立着。我把桶里的东西倒出去,一张用过的纸巾和她戒酒6个月的奖章一起滚了出来。其他东西似乎都在盛怒之下被乱扔一气,唯独奖章进了垃圾桶,似乎说明了它的特殊的意义。不管她在哪里,她滴酒不沾的纪录只能永远地停留在第356天了。

我无计可施,瘫倒在桌边。虽然忙了半天,但比起被关在门外,我现在也好不到哪儿去。也许我应该在这里等她,她总得回来,但我可能要等几小时,几天。我没有那么多时间。

我把奖章放回垃圾桶里。垃圾桶底部塞了一个皱巴巴的棕色纸袋,酒行用的那种。我把它打开,里面是一瓶杰克丹尼的揉皱了的收据,顶部印着模糊的酒行店名,"南布里斯班RSL"。我在附近散步的时候见过,那是一栋高楼,楼下有阴暗的商店和老虎机。酒行就在大楼一角。日期是昨天早上。

也许波本威士忌喝光后她就去了那里。也许没有,但这是我唯一的线索。我立即行动起来,在她的公寓里跑来跑去,把我觉得能用得上的东西都拿上。我唯一没找到的就是雨伞。从雨滴打在窗户上的猛烈程度来看,我的背包几分钟内就会湿透。我脱下夹克,用它裹住塑料袋,然后想办法把公寓门关上了。锁已经坏了,关不紧,但总比大开着对着外面的世界要好。

我站在楼外的台阶上，被大雨拦住了去路。尽管有雨棚，但我还是被淋湿了。我打了个寒战。我身体右半边苍白的皮肤暴露在雨里，感觉很冷。我的衬衫从腋下被撕开了，一定是我把朱莉家的门踢倒的时候弄的。我不再犹豫，一头扎进倾盆大雨中。我还没走到街区底，衬衫和牛仔裤的前面就都湿透了。如果继续走下去，我的夹克和放在背包底部的裹了两层塑料袋的日志可能也要遭殃。

我用手护着眼睛，奋然前行。雨水汇成细小的水流，顺着我的脖子流进衣领，我的刘海儿太长，老是挡住眼睛。我转过最后一个弯，心快跳到了嗓子眼。酒行招牌的灯光像灯塔一样醒目。几小时，也许几分钟之后，所有帮助我来到这里的记忆都会消失——但至少记忆存在的时间够长，让我找到了这个地方。

我冲进了这个明亮、干燥、温暖的空间。这里空间很大，是一个巨大的房间，摆满了黑色桌椅，里面通向一个更大的房间，摆着一排排老虎机。这里人不多——现在还是早上——朱莉在的话很容易就能找到。我甩了甩头发上的水，开始飞快地寻找。她不在。

我咬了咬牙，也不顾她可能不在这里，就闯进了里面的那个房间。那里面灯光要暗一些，主要靠老虎机的光亮作为照明。我把几排老虎机都找遍了，找完每一排的结果都是失望。

我呼吸急促，嘴巴发干。我的胸部好像被压住了一样喘不过气来。也许这不是失望、寒冷或疲劳的表现，也许这就是遗忘的第一个阶段。毕竟，我不可能知道。不管发病的时候有哪些症状，之后我一概不记得。

我不去想这些。我必须回家，但在这之前，我必须找到朱莉。

酒保是一位女性，大约50多岁。她眯着眼睛看着我。

"你好。"我说。

"我有什么可以帮你吗，亲爱的？"

"我在找人。"我取下背包，在里面翻找了一下。日志和纪念品被我的夹克和塑料袋层层包裹着，都没被打湿。逆境中的一丝安慰。我拿出手机，给她看我和朱莉的照片。"她来过这里吗？"

她把手机从我手里拿过去，低头看着照片，又抬头看我。"她是你的什么人？"

"她是我的好朋友。她不在家。也不接电话。我从周五就没了她的消息，我很担心。"我的脑子在飞快转动。如果是朱莉，她能编得更好，"我们是在她成功戒酒351天的时候拍的这张照片。"

这个女人抿紧了嘴唇。"哦，那她又回到零了。"

"她来过这里吗？今天早上？"

"我让她上别处去。"她指指吧台后面的一块牌子：不接待醉酒顾客。

"最近的酒吧在哪里？最近的能买到酒的地方。"

"她也想知道这个问题的答案。"这个女人把手机递还给我，"我告诉她，让她歇歇。"

我想对她大叫，让她跟我说点儿什么，什么都行，但我还是保持语气平静地说:"求你了。"

"马斯格雷夫街的街尾大概有家酒吧,叫'尤物'。现在已经开门了。出门右转,到路口再右转。走三个街区。"

"谢谢。"我把东西往背包里一塞,一边往外走一边喊道。我把手机插进牛仔裤后兜,也许待会儿用得上。

外面大雨如注,我又打了个寒战,比刚才更厉害。这种感觉不对。我深深吸了一口气。再给我一点时间吧,我祈祷道。给我这个机会,再次见到她。我用手护住眼睛,硬着头皮冲向暴雨中。我看到那家酒吧的时候,我的鞋子每走一步都咯吱作响。在这样下去,我唯一能传给下一个我的就是肺炎。

酒吧里很暗,只亮着氛围灯光。我看到一个舞池和低矮的卡座。乐声轻柔。我的眼睛习惯这里的光线后,急忙四周扫视了一遍。我不安的目光从一个陌生人的脸上移到下一个。这是我最后的机会。她肯定在这里。

那边。我看见在靠近吧台的地方有一个短发姑娘。她坐在高高的酒桌旁的高脚凳上。暗淡的灯光下,她苍白的脖颈和肩膀与身上的黑裙形成鲜明的对比。她身边坐着一个陌生人。男性。靠得很近,快碰到她了。朱莉看起来已经快昏倒了。她趴在桌上,搂着一个高玻璃杯。

"朱莉!"我长舒了一口气。

她抬起头,看看我的脸,又看看我湿透的衬衫,又看着我的脸。她没有说话。

"你是谁?"她身边的那个男人年龄比她大,大概40多岁,身体强壮。他也上下打量着我,我才意识到自己的这副尊容:浑身湿透,衬衫被撕破,面红耳赤,眼神疯狂。

"我是她的丈夫。"我眼睛只盯着她,"其实,我是她——"

"我没有结婚。"朱莉带着醉意,含混不清地说。

"离婚了?"那个男人问她。

"我是寡妇。"她的目光与我的相遇。

"哦,关于这个问题,"我说,"我有事要告诉你。"我深深吸了一口气。要是我们能在她的或者我的公寓谈论这个问题就好了。这里气氛不对。她手里拿着酒杯,身边坐了个男人,还隐隐约约传来俗气的音乐。但我只能接受这个地方和这个时机。

"我骗了你。"我说,"跳舞的时候我说我不记得了,我向你保证过我会尽力去尝试,但我并没有。没有全身心地去尝试。"

"那么,你骗了我。"她耸耸肩,"你一辈子都要承担谎言的后果。你一个人。"

"去他妈的。"

我脱口而出。朱莉听得直眨眼。即使她也不能把这句脏话骂得比我更溜。

"跟我回去吧,"我说,"我有东西要给你看。你想看到的,我现在能满足你的愿望了。"

她瞪着我,呆滞的眼神变得很冷酷。也许让她生点儿气反而是好事。怎么都比冷漠要好。"给我看呀。"

"什么，在这里？"

她耸耸肩。

"我要让你回家去看，回我公寓里。"

"那就算了。我不在乎了。我来这里就是因为我什么都不在乎了。"她一边目不转睛地盯着我，一边把杯子放到嘴边，喝下去两大口。

"行，"我说，"就这里。"

我转身大步走向吧台。也许最后还是这儿更好——在舞池里跳舞，而不是在家里。过去那个舞者的我就会这么做。

"能给我两大杯水，再点一首歌吗？"酒保看起来不是很乐意的样子，我赶紧补了一句："我给小费，我有——"我拿出湿透的钱包，把里面的东西全倒在吧台上，"一百块和……很多零钱。只点一首歌。"我又多了一件赠给未来自己的好东西——贫穷。

酒保瞪着我。

"求你了，"我说，"这会儿对我来说是生死攸关的大事。"

"我们一般不让点歌。"他往酒吧扫了一眼，然后耸耸肩。"既然是生死攸关……"他用两只手把柜台上的钱拢起来，我松了一口气。

朱莉把身子扭过去，和那个男人靠得更近。

我把两杯冰水"砰"的一声放在她面前的桌上。她看看水，又看看我。"你的衬衫破了。"

"关于那封信，你是对的。"我说，"你有权生气。但你必须了解完整的事实，因为不知道真相，你就不能做出正确的决定。现在很晚了，但你有权知道事实。"

"晚了？"朱莉坐直了身子，"等等。今天星期几？几号？"她同伴的手机就放在酒杯旁边，她按了一下。"24号。靠。就是今天。"

她的话里似乎带着指责的语气。她拿起水杯，喝了一大口，然后看看我，把剩下的水都灌了下去。"好。首先，我先声明，我只想让你滚出我的生活。其次，罗比，你他妈的在干吗？你怎么能跑出门来，怎么偏偏挑今天！"她把腿伸直，摇摇晃晃地站起来。"我得送你回家。"

"我觉得现在回家不是最重要的。"

"这就是最重要的事。否则悲剧又要重演，你又要被送进狗日的医院。"她转向她身旁的男人。"听着……皮特，是吧？"她把一只手放在他肩上，"我要把这个人送回家。出于医疗的目的，具体你不会想知道，老实说，我都希望我不知道。"

她晃了一下，靠在桌边。她一边咕咚咕咚地喝着冰水，一边从杯子上方看着我。"你到底在想些什么？你一个人在家里躲了半年，然后有一天——恰好是这一天——你必须把门锁好待在家里的这一天，却跑到外面来？"她又喝了一口，再把剩下的水倒在手里，泼到脸上。水洒在桌上，还有她的裙子上。

"如果你在恐惧中度过了半年的时间，你会把最后一天的时间用来做这种事吗？"

她摇摇头，把手伸过来，就像一个气急败坏的妈妈要去拉她那个调皮孩子的手。"快。我们走。"

我上前一步,单膝跪下,握住朱莉的手。她愣住了。

"我爱你。"说着,我抬头看着她,"我爱你一旦决定自己要什么就用尽一切力量去追求。我爱你的诡计多端,爱你黑暗的幽默感。我想象不出来过去我竟然能配得上你,但我还是爱你。你刚出现在我家门前,我就爱上了你。"

我捏了捏她的手。"我说完了。现在决定权在你。"

朱莉低头看着我,脸上大概闪现了五种不同的表情。她眨眨眼,又咽了一口唾沫。"你穿了双新鞋?"

这不是我想听到的话。或许也不是最糟糕的回答。我轻轻抬了抬手——听。

那首歌开始播放,舒缓的前奏轻得刚好能听得见。朱莉惊讶地低头看着我。"你怎么知道这首歌?"

"我知道的不只这首歌。"

我放开她的手,后退几步,来到空荡荡的舞台中央。我的鞋子还是湿的,好在鞋底已经干了,可以在平整的地板上顺畅地滑动。我站定了,从容不迫,蓄势待发,感觉到舞池在我四周延展开来。音乐开始掌控全场,彩色的灯光照在我身上。在我的想象中,我能看见那些垫脚砖。我在黑暗中搜寻着,想再看一眼朱莉,但灯光把舞台下的一切都变成了阴影。

节拍开始时,我差点儿没准备好,但练习形成的反射性习惯立刻代替我下达了指令。我身体向前扑,脚朝着安全的落脚点大步跨出。

这时，我仿佛将一切都抛得远远的——恐惧和疲劳、潮湿的丝质衬衫贴在胸前冷冰冰的感觉，还有遗忘。一切全都消失不见，只有我独自站在这一方舞台上，陪伴我的只有头顶的灯和围绕着我的音乐声。乐声上扬，我顺势起舞。迈步、转身，随歌而动。数月的锻炼和拉伸，前一天几小时的练习，所有的成果都聚集在这一刻。

我能感觉到人们看着我，但我在乎的只有一个观众，以及她是否能在她面前的这个男人身上找到她曾经的爱。

跳跃动作即将到来。要找到正确的落脚点，我必须集中精力。脚一落地，我就必须重新调整周围的环境，把脑海中那张垫脚砖的地图倒过来。

我正做着准备，就感觉身边仿佛闪过一个模糊的影子。我无暇分心，只能加倍专注于自己的舞步。

我飞跃而起，然后——

朱莉突如其来地用她的膝盖撞了一下我的膝盖，动作如棉花般轻柔。我在空中转了一圈还多，最后双脚重重地落在地板上，准确地踩在我大脑中画出的安全落脚点上。

完美。

我找到了，能转动世界的力量。

朱莉也安稳落地，一条腿弯得太低，裙边几乎碰到了地板。就在这时，舞步发生变化，我能看到她。她泼在脸上和头发上的水在彩色灯光下闪闪发亮。她看着我的眼睛，几乎带些挑衅的意味，仿佛想要看看我是不是真的会跳这支舞，是不是真的知道该如何结束。

我们跟着音符一起跳跃，动作同步。未来已无关紧要，现在我们只有这支舞。每次我们的身体或相碰，或轻抚而过，或紧紧相贴，朱莉眼中就出现一些新的变化。她为我能做到、我们能做到的事感到惊讶，感到难以置信。

我张开手臂，朱莉接住我的手，握住我的手腕，把自己撑起来。她另一只手高高举起，手握成拳头，一扭肩，拳头砸了下来。我接住她的身体，让她的指关节刚好轻吻地面，我的肌肉在瞬间重压下紧张得仿佛在燃烧。

就是现在，这就是开始。

美丽的坠落。

仿佛有一个新的舞伴加入了我们。我好像能看到那些多米诺骨牌随着我们的舞步倒下，变幻成波浪和旋涡奔腾向前。

下一次跳跃时，我不再有任何疑虑。我看到她在我跳跃之前做出动作，我能感到我在她的推力下向后倒，走上另一条完美的脚步路线，然后——

不。

我在空中旋转时，朱莉的膝盖撞到了我的大腿内侧，一阵剧痛让我摔倒在地。她也跌了下去，压在我身上。

舞池外传来"啊"的一声大喊，充满了失望之情。

一定是我的步子出错了。

我着急地去摸朱莉。"抱歉，我真抱歉，你还好吗？"

"靠。"我摸着她的身体，她在颤抖——笑得发抖。"我的血管里十分之一的液体都是波本威士忌,所以,我能坚持这么久,已经很厉害了。"

她翻身靠过来,抓着我肩部的衬衫,坐了起来。她看着我的眼睛。

"发生了什么?你怎么会知道这首歌?"

我坐了起来。我们的腿还缠在一起,我们的脸离得很近。她的眼睛下方有喝酒留下的很重的黑眼圈和皱纹。她累得脸颊发红,皮肤上一层细细的汗水在闪光。她看起来美极了。

"我找到我藏东西的地方了,那里有这首歌和鞋子,而这支舞也只是深埋在我的肌肉和记忆中,就和你想的一样。然后我发现这是一支双人舞。没有你,这支舞无法结束。"

"结果我们俩扑通摔在地上。"她笑着说。

"我想,如果我能让你看到这支舞,你也许能……看到我的不同。看到他,过去的罗比,你的罗比。"

"你干吗关心我看到的是什么?上次我见你的时候……"她摇摇头。

"我对你的爱让我感到恐惧。我以为这是一个陷阱,以为我会受你的……诱惑远离我的本性。"我摸着她的脸,用手背抚过她的脸颊,"我从一开始就错了。能拯救我的唯一办法就是坚持我所爱的,不放手,甚至让我因此而改变。从今天起,直到永远。"

"哦。"她跪坐起来,去摸我脖子上的绳子。我的衬衫破了,现在一眼就能看到这根绳子。她把两枚戒指仔细地端详了一会儿,然后把目光转到我的脸上。

"朱莉,"我说,"他还在。"

"不,我看不到他。"

她把我的手拉过去,贴在她脸上。"我看到的是你。"她把我的脑袋拉了过去。

舞台脚灯之外的某个地方响起一阵类似掌声的声音,打断了我们的亲吻。朱莉又伸手抓住了穿着戒指的绳子。

她笑了。绳子断了,从我的脖子上滑了下去。

我们在雨中一路跑回家。

朱莉看到完工的多米诺骨牌后,说她很喜欢;所有隔挡都拿走了,显得气势恢宏。她一眼就看出我把垫脚砖的位置改了。我把垫脚砖排成华尔兹的落脚点,那是舞厅那晚我欠她的。

现在她要把我今早从她公寓偷来的白色长裙换上。我告诉她,一切可能出乎意料地顺利,所以我得为此做好准备,这一点很重要。她笑着说我是个跟踪狂。

待会儿我们会跳舞,也许之后我会忘记。如果我忘了,你将来到一个美丽的倒塌中的世界;搂着你的,是那个爱你的人,她的爱能跟你到天涯海角。

图书在版编目（CIP）数据

失忆前的十二天 /(澳) 休·布雷基著；向丽娟译. -- 北京：北京联合出版公司，2023.5
ISBN 978-7-5596-6758-8

Ⅰ.①失… Ⅱ.①休… ②向… Ⅲ.①长篇小说—澳大利亚—现代 Ⅳ.①I611.45

中国版本图书馆 CIP 数据核字（2023）第 041617 号

北京市版权局著作权合同登记号　图字：01-2022-1401 号

Copyright © 2021 by Hugh Breakey.Published by arrangement with The Text Publishing Company, through The Grayhawk Agency Ltd.

失忆前的十二天

作　　者：[澳] 休·布雷基
译　　者：向丽娟
出 品 人：赵红仕
特约监制：慧　木　王　鑫
策划编辑：谢紫菱
责任编辑：李 伟
营销编辑：林亦霖
出版统筹：慕云五　马海宽
封面设计：陆　璐@kominskycraper
封面绘制：李一婧

北京联合出版公司出版
（北京市西城区德外大街 83 号楼 9 层　100088）
北京联合天畅文化传播公司发行
北京中科印刷有限公司印刷　新华书店经销
字数 174 千字　880 毫米 × 1230 毫米　1/32　印张 8.75
2023 年 5 月第 1 版　2023 年 5 月第 1 次印刷
ISBN 978-7-5596-6758-8
定价：59.00 元

版权所有，侵权必究
未经许可，不得以任何方式复制或抄袭本书部分或全部内容
本书若有质量问题，请与本公司图书销售中心联系调换。电话：（010）64258472-800